Tidigare utgåvor av Jan Glantz:

Jonas Österfelt-detektivromanerna:

Någon känner någon	2014
Något att sikta på	2015
Någon måste bort	2016
Förfäders svett	2016-2017

https://forfaderssvett.blogaaja.fi

NÅGONSTANS ATT FÖRSVINNA

av

Jan Glantz

Pärmbild: Ingela Glantz

(c) Jan Glantz 2017

Förläggare: BoD – Books on Demand, Helsingfors, Finland

Tillverkare: BoD – Books on Demand, Norderstedt, Tyskland

ISBN 9789515684615

1

PROLOG

Något var fel. Någon oidentifierbar instinkt tvingade mig att agera. Det gällde att vakna upp snabbt. Och jag gjorde det.

När jag slog upp ögonen, byttes sömnen till ett annat mörker. Jag låg i min trygga säng, men det var uppenbarligen natt. Det var ingen mardröm som hade tvingat mig att vakna upp utan något annat. Tyst lät jag mina revben vila mot bädden och jag blickade mot sovrummets skåp. Utan att röra mig lät jag öronen vänja sig till nattens tystnad. Var det ett ovanligt ljud som hade väckt mig?

Mörkret rörde på sig. En kall hand grep om mitt hjärta. Hur kunde mörkret röra på sig?

I samma ögonblick insåg jag det. En mörk skugga avtecknade sig mot de ljusa skåpdörrarna. En skugga från mitt sovrumsfönster bakom min rygg. Skuggan rörde på sig. Nästan omärkligt men ändå tillräckligt för att alarmera mina sinnen, som var vana vid en viss grad av mörker så här års. Eller snarare inget mörker alls så här i maj, i rask takt på väg mot midsommarnatten, som knappt var en natt överhuvudtaget.

Trots den alarmerande tanken på en främmande närvaro i mitt sovrum, lugnade jag mig. Det var ingen fara. Istället koncentrerade jag mig på att andas normalt för att inte oroa den människa som var ansvarig för skuggbilden.

Utan att direkt se det visste jag att skuggbilden tillhörde Anna. Hon hade rest sig från bädden vid min sida och tittade istället ut genom fönstret mot Helsingfors stad. Hon tittade genom springan mellan spjälgardinerna, som förgäves försökte hålla försommarens nattliga ljus utanför vår sömnro. Ljusets natt hade än en gång lyckats med att först ruinera Annas sömn, och sedan min.

Den här gången ville jag inte stiga upp för att solidariskt hålla om henne. Denna gång skulle hon inte behöva få samvetskval över att hon oavsiktligt hade väckt upp mig. Denna gång skulle det inte bli ett gräl om vem som hade väckt upp vem. Jag tänkte ligga tyst och låta henne tro att jag inte hade vaknat upp överhuvudtaget. Genom att låtsas sova skulle jag låta oss båda få en möjlighet att snappa upp en fortsättning på den avbrutna sömnen.

Det var inte bara hennes vakande som hade stört vår samvaro den senaste tiden. Något tyngde min flickvän, Anna Tschäder. Jag visste inte vad, och hon ville inte berätta vad det var heller. Jag visste inte om det var vakandet som störde hennes vardag eller om det var något i hennes liv som störde hennes nattsömn. Hon ville inte berätta vad det var. Men det höll på att påverka oss. Det rådde inget tvivel om den saken.

Ibland undrade jag om jag hade förlorat alla mina chanser till ett skapligt förhållande. Om jag hade levt ensam så länge att jag inte klarade av att dela min vardag med en kvinna längre. Efter att vår första hetta hade lagt sig, hade det blivit allt svårare att sova tillsammans. Jag var övertygad om att känslan var ömsesidig.

Anna höll på att lämna mig. Eller höll jag på att lämna henne?

I drygt ett års tid hade vi sällskapat och det hade varit en härlig tid. Men det började bli allt mera uppenbart att den tiden höll på att närma sig sitt slut.

Men vem eller vad skulle sätta stämpeln på att vårt förhållande verkligen hade kommit till vägs ände? Eller fanns det något som ännu kunde påverka den avslutning, som nu verkade oundviklig?

Ljuskäglorna från en nattlig bilkörning seglade över skåpdörren och det dansande ljuset ackompanjerades med ett gasande motorljud från bilen. Nattens gator skulle snart vakna upp till ytterligare en trafikfylld dag.

För att ytterligare övertyga Anna om att jag sov, simulerade jag ett snarkande ljud djupt nere i min strupe.

KAPITEL 1

Lördag

Motorljudet från hissen hördes in till min lokal, och jag gick nervöst fram till ytterdörren. Jag var trygg inne i min bostad men oroligt lyssnade jag på ljuden från den hotande världen utanför mitt revir. Om några minuter skulle hotet tränga in i min trygga värld, och jag skulle själv bli tvungen att öppna dörren åt det obehagliga.

Motorljudet stannade i våningen nedanför min, och faran var över för tillfället. Mina gäster hade fortfarande inte anlänt. Det var dock ingen lättnad för jag skulle bli tvungen att vänta på dem ännu ett tag. Och det gjorde mig allt mera nervös.

Senast jag hade varit i samma stressande situation var det för två år sedan. Då hade jag väntat på mina två barndomskamrater till en kvällsmiddag i mitt hem. De hade anlänt och vi hade haft en angenäm kväll, fylld med nostalgiska minnen och hopp om en bättre framtid. Men efter det hade allt blivit fel.

Nåja. Kanske inte riktigt allt. För efter det hade jag blivit privatdetektiv och det hade lett till lite sysselsättning och via en märklig utveckling till ett arv, som gjorde min finansiella tillvaro rätt så trygg. Och så hade jag naturligtvis träffat Anna, som hade gjort mig mera social. Den känslan kändes dock lite vacklande för tillfället, för vad skulle ske med mitt sociala liv om jag av en eller annan orsak förlorade Anna? I varje fall skulle jag förlora de gäster, som snart skulle anlända. För Bettina Pirinen var Annas bästa vän och Sebastian Pirinen var Bettinas make sedan två år tillbaka. Om Anna marscherade ut från mitt liv, skulle Bettina och Sebastian också göra det.

Jag gick till mitt kök, där jag såg att Anna höll på att avsluta sitt kockande. Hon verkade irriterande lugn, då jag själv var ytterst nervös. Men varför var jag egentligen så orolig för hur kvällen skulle utvecklas? Var det för att Bettina kände Anna mycket bättre än vad jag gjorde? För att Bettina skulle se genom Annas och mina glada ansikten att vårt förhållande inte var så bekvämt som det verkade? Fanns det en risk för att Bettina kunde locka Anna att öppna sig så att kvällen rentav blev pinsam? Eller var jag avundsjuk på Anna för att hon i Bettina hade en så god vän som jag inte hade?

Anna viftade med handen så att jag skulle förstå att lämna köket.

"Ju flera kockar desto sämre soppa", upprepade hon för tredje gången under kvällen hittills.

Dukningen verkade vara i skick så jag hade ingen uppgift i vardagsrummet heller. Fyra middagstallrikar med fyra förrättsassietter, bestick och fyra vinglas. Jag tände det gula stearinljuset mitt på middagsbordet för gästerna skulle anlända när som helst.

"Är det gula ljuset lite för påskaktigt?" frågade jag med ansiktet vänt mot köket. "Sommaren närmar sig ju trots allt med stormsteg."

"Jag såg gula tulpaner i parken idag så det är nog helt okay", svarade Anna.

Det kändes lite otrevligt att fråga råd om inredningen i mitt eget hem. Som om jag var tvungen att visa upp en fasad, som inte hade något med den jag egentligen var. Men det hörde till spelets regler. Jag måste låta min kvinna påverka mitt revir så att det var vårt bådas gemensamma område. Och det var ju faktiskt så att Bettina och Sebastian var mera Annas vänner än mina, så därför låg det på hennes ansvar att göra våra gäster belåtna med kvällen. Även om jag kanske hade mera orsak att imponera på dem, eftersom jag borde vinna min kvinnas vänners gunst.

Kanske jag borde lugna mig. Alla tecken visade på att det skulle bli en bra kväll. Och det viktigaste av allt var att doften från Annas matlagning var alldeles bedårande. Eller var det för att jag var vrålhungrig? Normalt brukade jag inte äta middag så här sent på kvällen, men vi hade inte velat bjuda Bettina och Sebastian hem till mig alltför tidigt. Kvällens mysiga skymning kom alldeles för sent så här års. Men jag klagade inte.

Dörrklockans plötsliga ringning skrämde mig. Jag hade inte hört hissens ljud och jag förstod med ens att Bettina och Sebastian var så irriterande sportiga att de hade promenerat uppför trapporna till min sjunde våning.

”Kom in”, sade jag vänligt och grep tag i den blomkvast, som Bettina räckte mig. Redan innan dörren hade stängts bakom mina gäster, hade Sebastian räckt mig en vinflaska och ett litet paket.

”Anna håller på att finslipa maten i köket”, förklarade jag när Bettina tittade frågande över min axel.

”Hej och välkomna”, ropade Anna. ”Jonas visar er omkring i lägenheten innan vi sätter oss till bords.”

”Så det är så här som Jonas Österfelt bor”, sade Sebastian medan han lade sin ytterrock på en knagg.

"Har du trivts bra i Vallgård?" frågade Bettina.

"Absolut", svarade jag och öppnade toalettdörren för att visa vart våra gäster kunde gå vid behov. "För oss som kommer från landet är det visst svårt att vänja oss vid stadens rytm, men här i Vallgård finns det faktiskt kvarter som ser ut som en småstad."

"Det låter skönt", sade Bettina även om jag visste att hon aldrig skulle flytta till Helsingfors eller någon annan större stad.

Bettina hade varit Annas bästa väninna under uppväxttiden i Ingå. Anna hade som vuxen flyttat till Helsingfors, men Bettina hade stannat på sin barndomsort, där hon också hade träffat sin make Sebastian. De livnärde sig på ekologisk odling strax utanför Fagervik. Jag längtade efter att få åka till dem någon vacker sommardag, för jag hade inte besökt Fagervik på årtionden. Även om det var en lika idyllisk bruksort som Fiskars, där jag hade växt upp.

"Jaha, här kommer vi att tillbringa färre tid", konstaterade Sebastian, då vi tittade in i mitt sovrum, där det inte fanns just något annat än min dubbelsäng, klädskåp och en bokhylla.

"Alldeles", bekräftade jag och stängde dörren till sovrummet, så att matoset inte skulle störa Anna och mig följande natt.

"Sätt er direkt till bords bara när ni väl har tittat omkring er", sade Anna medan hon placerade förklädet i en av kökets många lådor. "Maten är klar."

Bettina tittade omkring sig i mitt spartanskt inredda vardagsrum och Sebastian tittade ut genom fönstret mot vårkvällens skymning.

"Det är fina vyer så här högt uppe", sade han med en röst som avslöjade att deras utsikter i Fagervik nog var vackrare.

"Lite havsutsikt har jag också", sade jag stolt och pekade förbi några våningshus på Arabiastranden mot Gammelstadsfjärden.

"Jonas, vi kommer från Ingå", sade Anna med en välmenande teaterviskning och lade sin hand över min korsrygg. "Vi har nog sett vår andel av havet."

"Det är en stor sak för mig som har växt upp i inlandet", sade jag lite uppspelt olyckligt. "Fiskars befinner sig oväntat långt från havet."

"Nu skall vi äta", avbröt Anna. "Det blir faktiskt smörgåstårta till förrätt!"

"Det låter nästan som en festlig skolavslutning", sade Bettina entusiastiskt och vi satte oss alla till bords.

"Ja, det är faktiskt några somrar sedan vi firade våra skolavslutningar", sade Sebastian med en nostalgisk röst. "Men det skulle definitivt finnas smörgåstårta på bordet då, och den är väl kanske en typisk rätt så här under maj månad."

"För mig var det viktigast att jag kunde laga den redan igår så att jag fick koncentrera mig på huvudrätten idag", sade Anna belåtet. "Den har dragit sig under natten och borde vara perfekt idag."

Hon hämtade en vackert dekorerad, präktig tårta från kylen och lade den på bordet medan Bettina och Sebastian stötte ur sig belåtna suckar.

"Gravlaxfyllning med hackad saltgurka", sade jag stolt över Annas hantverk. "Och titta så vackert hon har placerat räkorna varvade med spritsade rosetter, tillverkade av wasabimajonnäs."

Jag tittade beundrande på Anna, för hon hade faktiskt tillbringat timmar med tårtan föregående kväll. Det verkade som om våra gäster uppskattade att jag lovordade min flickvän.

Vi hade råkat på varandra i närheten av Senatstorget föregående sommar, då Bettina och Sebastian hade gjort en dagsutflykt till Helsingfors. Vårt möte hade inte varit särskilt långt men vi hade lovat att bekanta oss närmare med varandra under en kväll så fort som möjligt. Den kvällen hade fått vänta på sig ända till denna vårkväll. Redan under vårt första möte hade Bettinas och Sebastians samspel på något sätt varit överfyllt av ömhet. Det kändes som om något fattades just därför att det var lite för mycket. Men det var svårt att få grepp om det under det korta föregående mötet. Och Anna hade inte velat lyssna på mina analyser.

Och nu var jag förstås ytterst medveten om att jag sökte efter beska tecken i deras förhållande just därför att problemen verkade hopades i mitt och Annas förhållande. Andras förhållanden fick inte vara bättre än vårt.

"Det här blir en perfekt kväll", kvittrade Bettina och hon putade med munnen som för att kräva en kyss av Sebastian. Hon fick vad hon ville och våra gäster skar upp rejäla bitar av smörgåstårtan.

"Har du haft några spännande detektivuppdrag på sistone?" frågade Sebastian, när vi väl åt av förrätten.

"Nej, det har nog varit väldigt lugnt på den fronten", sade jag. "I själva verket har jag bara haft ett skuggningsuppdrag sedan de där händelserna för ett år sedan, då jag träffade Anna. Det gällde att skugga en hustru, som misstänktes för att vara otrogen gentemot sin man."

"Var hon det?" frågade Sebastian nyfiket.

"Nej", sade jag kort och ville inte berätta mera om mina kunder eller mina uppdrag.

"Något sådant skulle aldrig kunna hända oss", sade Bettina och tittade ömt på sin make.

Anna var tyst och jag anade att hon mindes hur vi hade träffats. Hon hade jobbat på en läkarstation, som jag besökt för att få terapi. Vi hade råkat ut för en allvarlig farosituation, men händelserna hade också fört oss tillsammans och vi hade hållit ihop sedan dess. Till och med mamma hade träffat Anna och de hade kommit bra överens. Mamma hade varit överraskad över att få träffa en flickvän till mig överhuvudtaget, som om hon hade gett upp hoppet med mig redan.

Under det senaste året hade jag koncentrerat mig på att pyssla om Anna. Och det hade varit en angenäm syssla.

"Men jag har förstått att du egentligen inte skulle behöva jobba längre", sade Sebastian lite försiktigt. "Att du fick ett oväntat arv, som lugnat ned det finansiella behovet av ett jobb?"

"Det är sant. Mamman till min barndomskamrat i Fiskars fick för sig att testamentera en fjärdedel av sin förmögenhet åt mig och tre fjärdedelar åt sin disponents son. Sonen planerar visst att lösa in Lillböle gård för sin andel, få se hur det går."

"Men man jobbar ju inte bara för pengars skull", påpekade Bettina.

"Det är viktigt att man har en sysselsättning, något som man är bra på. Att hitta ett sätt att förverkliga sig själv på."

"Det stämmer", erkände jag. "Om jag inte hittar arbete för sysselsättningens skull, måste jag hitta en hobby att sysselsätta mig med. Men det här med att vara finansiellt oberoende är en väldigt ny sak för mig och det gäller att vänja sig vid det först."

"Det fanns en kvinna som ville bestrida testamentet", förklarade Anna. "En släkting till arvlåtaren. Men det ledde inte till något även om arvets utbetalning drog ut på tiden. I själva verket anlände pengarna för en vecka sedan, inte sant?"

"Det stämmer", sade jag blygt, och insåg faktiskt för första gången att jag hade så mycket pengar till förfogande att det motsvarade en dryg månadslön för alla månader under hela mitt liv framöver.

"Nämen, det är något att skåla för", sade Sebastian entusiastiskt. "Det måste vara verkligen skönt."

"Om jag hade det så bra ställt skulle jag bara åka iväg och njuta", sade Bettina med en drömlik blick. "Försöka hitta någonstans att försvinna."

"Vart skulle du försvinna?" frågade Sebastian misstänksamt.

"Någonstans bara. Men tillsammans med dig förstås."

Sebastian belönade hennes plutande läppar med en kyss igen. Anna plockade nervöst med förrättstallrikarna och förde dem till köket. Även den halvätna smörgåstårtan försvann från bordet.

"Hur har ni det nu då?" frågade Bettina med blicken vänd mot oss, som om hon anade att något var i luften. "Ettåringarna?"

"Ja, tänk vad tiden går fort", sade jag snabbt. "Vi har lärt känna varandra, främst här i Helsingfors. En liten resa gjorde vi till Malta i höstas."

"Det var inte det jag menade", sade Bettina och lyfte sitt glas med vitt vin som för att samla mod att kläcka ur sig något viktigt. "Utan er åldersskillnad. Märks det i ert förhållande på något sätt?"

Jag log för mig själv, när jag hörde Anna skramla med kastrullerna i köket. Hon hade nog hört Bettinas ord. Jag harklade mig, för jag antog att det var min uppgift att kommentera orden först. Eftersom jag var den äldsta i följet.

"Det är sant att jag är 13 år äldre än Anna. Och visst märks det ibland, i hur vi ser världen, hur vi kommunicerar och hur vi ser på tidens gång. Men det märks nog mindre än vad jag skulle ha trott när jag började träffa henne. Hon är mycket mogen för sin ålder."

"Och nu är det väl min tur att säga att Jonas är mycket ungdomligare än vad 45-åringar är", ropade Anna från köket. "Men det vet jag inget om. Jag har inte träffat andra 45-åringar. Jag vet bara att jag trivs bra med honom."

"Det borde nog räcka", sade Sebastian, som inte verkade vara riktigt bekväm med att någon såg sig vara tvungen att förklara varför han hade känslor för en annan människa. "Och det är omgivningens ansvar att acceptera kärleken så som den uppenbarar sig."

Bettina tittade fundersamt på sin make.

"Du får det att låta vackert, käre man", sade hon. "Men samtidigt låter det som om något är fel, som om acceptansen är ett tvång. Något som vi alla måste göra även om det kan vara motvilligt."

"Jag menade det inte så", sade Sebastian. Han lät som om han letade efter någonstans att försvinna.

"Kanske vi lämnar det där åt sidan för tillfället", föreslog Anna, när hon uppenbarade sig från köket igen. Den här gången hade hon en ångande soppskål i sin hand. "Mat motarbetar alla meningsskiljaktigheter."

"Det är bara gamla gummor som använder sig av ordspråk", sade jag med glimten i ögat. "Inte 13 år yngre pangbrudar."

"Och det är bara gamla gubbar som dukar bordet med fel tallrikar", svarade Anna vasst. Hon tog bort de stora, flata tallrikarna och ersatte dem med sopptallrikar.

"Jag trodde att soppan var så tjock att den kunde ätas som en sås", sade jag med försvar i rösten.

"Ah, murkelsoppa!" sade Bettina förtjust.

"Om vi blir förgiftade, kommer en detektiv att reda ut vårt öde?" frågade Sebastian och jag log. Det var tydligt att vinet började lätta på våra tungor.

"Jag kokade dem i tre olika vattensatser", sade Anna. "Det behövs nog verkliga detektivtalanger om man skall hitta gift i den soppan. Murklorna är helt färska, från torget."

"Brödet har jag bakat", sade jag stolt. "Det innehåller valnötter, så jag hoppas att ingen har nötallergi."

"Inget problem", sade våra gäster i en mun.

"Hur går dina studier, Anna?" frågade Sebastian nyfiket. Han hänvisade till Annas specialstudier i geriatri eller åldringsvård, vilket hon valt att fördjupa sig i för bara några månader sedan. Hennes nyfunna akademiska frihet gjorde att hon tillbringade allt mera tid med mig än när hon varit i arbetslivet.

"Tack, det är riktigt skönt att fördjupa mig i den vårdbransch, som jag egentligen har studerat", svarade Anna. "Det var på tiden att jag slet mig ur det där receptionistjobbet på läkarstationen, där jag annars hade fastnat. Trots att jag inte hade träffat Jonas om jag inte hade jobbat på läkarstationen."

"Ja, tänk hur ödet ordnar det för oss", sade Bettina glatt. "Även om vi måste hjälpa ödet på traven genom att göra stora beslut. Som att avstå från ett jobb för att få studera inför något annat. Vi måste hitta någonstans att leta oss till."

"Eller någonstans att försvinna?" instämde hennes make.

Sebastian doppade en rejäl brödbit i sin soppa och lyfte den som om han hade njutit av en fondue.

"På tal om gamla gummor...", sade Bettina med en sörplande röst, "... hur mår din mormor, Anna?"

"Till vår stora överraskning mår hon utmärkt", svarade Anna belåtet. "Hon är ju faktiskt 82 år och hon bor fortfarande ensam på holmen. Vi trodde faktiskt inte att hon skulle kunna återvända dit efter det där benbrottet förra sommaren."

"Två dagar innan Anna och jag skulle besöka holmen, bröt hennes mormor vänstra benet och det tog hela sommaren att läka. Så vi besökte henne på sjukhuset i Helsingfors istället."

"Så du har fortfarande inte besökt holmen?" frågade Sebastian.

"Nej, men vi skall nog åka dit så fort som möjligt", svarade jag. "Det skall bli intressant att se Kvigholmen i Ingå skärgård, som jag har hört så mycket om. Platsen, där Anna Tschäder växte upp."

Anna tittade försiktigt på mig.

"Kanske det blir ett lite lugnare besök än när vi för ett år sedan besökte Fiskars, bruket där Jonas Österfelt växte upp."

"Roligt att vi är alla västnylänningar", sade Bettina entusiastiskt. "Det jag minns av mina besök på holmen när vi två var små flickor, var att allt var så spännande. Det nya huset och det gamla huset. Lantbruk men ändå vid havet. En mörk skog som luktade hav. Flora och fauna som påminner om fastland även om man befinner sig på en ö. Holmen är faktiskt absurd. Unik. Spännande. En plats där ens tankar försvinner ut med vågorna, men där de stannar i den mörka skogens fångenskap."

"Värst vad du blev lyrisk", skrattade Sebastian. "Kanske du borde besöka holmen tillsammans med Jonas och Anna?"

"Du är riktigt välkommen", sade Anna uppriktigt.

"Få se om jag hinner", sade Bettina. "Vi har fullt upp med sådden och alla vårliga bestyr. Det är faktiskt den mest arbetsdryga perioden under året efter skördetiden.”

”Men kanske krutmormodern kan ge oss värdefulla tips om att odla växter och ha djur i en skärgårdskommun”, funderade Sebastian högt.

”Tack för att ni i varje fall hann hit till oss”, sade jag och lyfte mitt vinglas till en skålning.

Glasen klirrade mot varandra. Anna steg upp och förde sopptallrikarna till köket.

”Det var fantastiskt goda murklor”, sade Sebastian entusiastiskt. ”Och vi är alla fortfarande vid liv!”

”Jag tror att vi får något lättare till dessert”, sade jag. ”Det var ju ändå rätt gräddigt både till förrätt och huvudrätt.”

”På tal om gift och detektivuppdrag...”, sade Anna i dörröppningen till köket, ”... jag har ett litet mysterium som ni kanske vill fundera lite på. Jag har inte ens berättat om det för Jonas ännu.”

En obehaglig känsla kröp upp inom mig. Jag gillade inte överraskningar, för de var sällan positiva. Hade något hänt? Var detta orsaken till Annas konstiga beteende den senaste tiden?

”Är det något från det verkliga livet? ”frågade Bettina nyfiket.

”Ja, det är något som har drabbat mig själv”, sade Anna med en lite darrande röst. Jag blev allt mera orolig.

Anna grep tag i soppskålen som för att försöka koncentrera sina händer till en konkret handling, medan hon samlade sina tankar.

"Något oförklarligt har hänt i min bostad."

"Som ni vet bor Anna i sin egen bostad några kvarter härifrån och jag bor här. Vi tillbringar ibland gemensam tid hos henne och ibland hos mig." Det lät som om mina förklaringar var ett nervöst babbel inför det okända som Anna snart skulle berätta.

"Ni känner mig alla så pass väl att ni inte blir överraskade över att jag städar väldigt ofta. Jag klarar av att bo i ett dammigt utrymme, men synliga skräp irriterar mig och alla mina saker skall alltid finnas på rätt ställe."

"Det överraskar oss inte", sade Sebastian lakoniskt och tittade förskräckt på Bettina när hon tittade argt på honom över hans kommentar.

"En dag när jag kom från jobbet, hittade jag fem torra björklöv på tamburens matta", sade Anna och drog efter andan. Ingen sade något, som om de väntade på ytterligare avslöjanden.

"För fem dagar sedan", tillade Anna. "De var torra, bruna björklöv från förra hösten. De finns varsomhelst i parker, så det är inget konstigt med deras existens. Men det förstår jag inte hur de har kommit till min bostad."

Jag lät orden smälta inom mig och ju mera jag tänkte på saken, desto mera obegripligt kändes hennes konstaterande. Även om det kunde finnas många olika förklaringar till de fem löven.

"Kanske de hade fastnat under dina skor och trillat på mattan när du gick iväg på morgonen", föreslog Bettina hjälpsamt. "Och så väntade de där när du kom tillbaka senare?"

"Nej", sade Anna utan att förklara nekandet bättre. Jag förstod att det var otänkbart för en prydlig person som Anna. Hon kollade alltid att allt såg bra ut i bostaden innan hon stängde ytterdörren, när hon gick iväg.

”Kanske de hade kommit med luftkonditioneringen?” föreslog Sebastian.

”Inga kanaler går över tamburen.”

”Kanske gårdskarlen eller disponenten hade besökt bostaden medan du var ute?”

”Nej, jag kollade det redan.”

”Och jag hade inte heller besökt din bostad den dagen”, sade jag fundersamt.

”Nej.”

”Kan de ha flugit in genom postluckan, när postiljonen släppte in postförsändelser?”

”Ingen post hade anlänt den dagen.”

”Hade du lämnat fönstret öppet?”

”Nej.”

”Hade du dammat av mattorna till exempel under vårstädningen?”

”Nej, det gjorde jag redan i början av april.”

”Menar du att någon okänd person har varit i din bostad och lämnat björklöven där av misstag?” frågade Bettina med en uppskrämd röst. ”Eller med flit?”

"Om någon har kommit till bostaden och varit väldigt mån om att inte lämna några spår efter sig, så känns det konstigt att något så synligt som fem björklöv har blivit kvar." Sebastian fick en orolig rynka mellan ögonbrynen.

"Om någon har lämnat fem björklöv på ditt golv, måste de fungera som ett meddelande", sade jag bestämt. "Har de någon betydelse för dig?"

"Nej, jag har ingen aning om vad de kunde betyda", sade Anna oförstående.

"Det låter faktiskt lite skrämmande", sade Bettina. "Har du några ovänner?"

"Inte vad jag vet. Och ingen annan har nyckel till min bostad än husbolagets disponent, jag själv och Jonas."

Tre ögonpar vände sig mot mig som om jag plötsligt var den främsta misstänkta i dramat. Jag reste mig och gick till min tambur för att kontrollera att nyckeln till Annas bostad hängde på sin plats i nyckelskåpet.

"Din nyckel är inte försvunnen", sade jag kort.

"Blev detektiven mållös?" frågade Sebastian godmodigt som ett försök till att lätta på stämningen.

"Har du märkt något annat konstigt?" frågade Bettina. "Något som tyder på att någon försöker skrämma upp dig?"

"Ja, faktiskt. Under de senaste dagarna har jag haft en känsla av att någon iakttar mig, när jag rör mig på stan. När jag tittar omkring mig, ser jag ingen bekant eller någon stirrande blick. Och inte någon bekant bil heller. Men det är en känsla som jag har."

"Hade du känslan redan innan de där konstiga björklöven dök upp på din matta?" frågade jag. Det var en antydning till att hon kanske hade blivit skärrad av löven och att det påverkade hennes uppfattning av omgivningen.

"Det kändes så redan innan", sade Anna tålmodigt.

"Kan det vara...?" frågade Bettina och tittade på Anna med ögonbrynen meningsfullt höjda. Det var tydligen något som tjejerna hade delat sinsemellan utan att det skulle tas upp i manssällskap.

"Nej, det är knappast Yu Chen", sade Anna. "Jag har inte hört av honom på fem år."

"Vem är Yu Chen?" frågade Sebastian fåraktigt.

Det blev en kort tystnad och Anna tittade försiktigt på mig. Hon suckade dock djupt som för att samla mod att berätta något otrevligt.

"Yu Chen är min före detta pojkvän. Han var utbytesstudent från Shanghai när vi träffades här i Helsingfors. Jag studerade till vårdare och han studerade social ekonomi inom vårdbranschen. Vi sällskapade i några månader tills jag gjorde slut med honom."

"Tydligen var historien ändå inte så där kort och prydlig", sade jag torrt.

"Jag gjorde slut för han var alldeles för kontrollerande", sade Anna. "Och det slutade inte när jag gjorde slut. Han krävde högljutt en förklaring till att vårt förhållande tog slut och han sade att han inte kunde acceptera det."

"Anna förde många diskussioner om ämnet med mig", sade Bettina. "Yu Chen var faktiskt lite ur balans efter förhållandet och han använde väldigt hårda ord mot Anna."

"Men det tog slut när han avbröt sitt utbyteskontrakt här i Finland och åkte tillbaka till Shanghai", sade Anna. "Och jag har inte hört av honom efter det."

"Så du tror inte att han skulle ha kommit tillbaka till Finland för att skrämma upp sin före detta plågoande?" frågade Sebastian.

"Nej det tror jag inte. Men kanske vi har diskuterat detta tillräckligt nu. Kanske det serveras en naturlig förklaring till björklöven senare." Anna började tydligen bli utled på ämnet.

"Så det är orsaken till att du har varit så konstig den senaste tiden", mumlade jag. "Du har känt dig förföljd."

"Jamen, jag är väl inte ensam om att vara konstig", fräste Anna åt mig. "Själv stirrar du på mig på natten!"

"Så så", sade Sebastian med ett leende för att försöka lätta upp stämningen.

"Precis", sade jag surt. "Nu behövs ett helt nytt samtalsämne. Hur är det med er i Fagervik? Har ni småttingar på kommande?"

Stämningen förändrades från att ha varit irriterande till att bli rentav hotfullt tyst. Anna flydde tillbaka till köket, antagligen för att ställa fram skålen med hallonkräm, som hon hade gjort till dessert.

”Vi har inga barn på kommande”, sade Bettina kort.

Sebastian sade ingenting och jag förstod att ärendet var inflammerat. Jag försökte snabbt rädda stämningen.

”Inte vi heller.”

”Men det är absolut inte samma sak”, sade Bettina, lika kort som tidigare.

Jag vågade inte fråga vad hon menade.

”Bettina menar att ni inte försöker, medan vi försöker på alla tänkbara sätt att bli föräldrar”, förklarade Sebastian.

Jag var säker på att vad jag än svarade, skulle det bli fel.

”Vi har faktiskt inte ens tänkt på saken”, sade jag.

”Visst har vi det”, ropade Anna från köket. ”Den där kvällen för några månader sedan. Vi kom överens om att vi inte skall försöka skaffa barn.”

Jag tappade hakan. Var det något jag hade missat? Hur hade jag kunnat glömma något så väsentligt? Eller ljög Anna? Borde jag spela med i skådespelet? Vad det än var fråga om, kändes det allvarligt.

”Ni behöver inte förklara era val”, sade Bettina med en trött röst. ”För visst är det ett val. För oss är det inte ett val att vi inte tycks kunna bli föräldrar.”

Det hade varit lätt att gå in på en debatt om vad som är val och vad man inte kan göra något åt, men det var säkert ett meningsutbyte, där alla skulle förlora.

"Jag låter säkert hysterisk", erkände Bettina. "Men det är för att det bara känns så fel."

"Det är okay", sade Anna, som dök upp från köket igen.

"Nej, det är inte okay", sade Bettina med en gäll röst, som hon svalkade med en klunk vin. "Ni har en gåva, som ni inte vill använda. Du är ännu ung, Anna, men du kommer inte att vara det i evighet. Och du, Jonas, du är också..., ja, nå, kanske inte så ung, men en man i din bästa ålder. Det är nu ni måste slå till om det inte skall gå lika snopet som för oss..."

"Om Jonas skulle bli pappa inom ett år, skulle han vara pensionerad när barnet flyttar ut."

Jag tittade förbluffat på Anna. Hon hade verkligen funderat skarpt på saken och kommit till en slutsats utan att konsultera mig. Men ännu en gång beslöt jag mig för att inte offentligt börja debattera med henne. Det räckte med att vi båda var i Bettinas och Sebastians skottlinje.

"Menar du att Jonas tåg redan har gått?" frågade Sebastian vasst. "Utan återvändo?"

"Jag menar bara att barn inte är ett lika hett ämne för oss som det är för er", svarade Anna. "Ni har era passionerade ämnen och vi har våra. Vi har många gemensamma intressen och samtalsämnen, men alla ämnen är inte fruktbara. Barn och barnlöshet är tydligen ett sådant ämne."

Bettina tittade surt på Anna, men Sebastian nickade.

"Du har rätt", sade han. "Vi borde kanske lämna ämnet."

"Ta lite hallonkräm", uppmanade jag och vi tittade på våra små dessertskålar, som var fyllda med en röd substans. I princip såg krämen fräsch och aptitlig ut, men för oss alla verkade skålen innehålla rött blod. Ont blod.

En halvtimme senare var ytterligare fyra skålar klara att diskas, och våra magar var sannerligen fyllda. Resten av våra diskussioner hade varit dämpade och vardagliga. Ingen vågade sig in på farliga ämnen, så vi pratade istället överdrivet ytligt om tv-serier och livsmedlens höjda konsumentpriser.

"Kanske vi borde åka hemåt", sade Sebastian med en blick på klockan. "Det är tidig väckning för oss jordbrukare och det tar en trekvart innan vi är hemma."

När våra gäster hade klätt ytterkläderna på sig, kramade Anna och Bettina varandra med en sådan ömhet att jag kände mig varm. Det var tydligt att inga meningsskiljaktigheter kom mellan de två vännerna. Jag kramade om våra gäster i tur och ordning innan de begav sig ut i vårkvällens skymning.

Efter att de hade stängt ytterdörren bakom sig, blev det onaturligt tyst i min bostad. Även om Anna städade middagsbordet rent. Jag önskade att även Anna skulle gå, bara för att jag därmed skulle få en undanflykt att krama om henne på samma sätt som de andra gästerna. Jag ville känna hennes närhet. Men jag kunde inte förmå mig själv att gå fram för att hålla om henne. Min famn eller hennes famn kändes som den perfekta platsen att försvinna i för tillfället. Men den kändes också mest avlägsen.

KAPITEL 2

När jag följande natt vaknade upp klockan 4, ville jag inte låtsas sova. En stund tittade jag på henne, där hon låg med ögonvitorna fullt synliga och blicken vänd mot taket. Antagligen kände hon på sig att jag var vaken, för hon vände sig mot mig. Ljudlöst betraktade vi varandra en stund. Vinets dåsiga påverkan hade dämpat under nattsömnens första timmar och jag var nu klarvaken.

"Vart är vi på väg?" frågade jag trevande.

"Någonstans där vi har det bra", svarade Anna kryptiskt.

"Vi har haft det bättre", konstaterade jag. "Vad har hänt under det år som vi har känt varandra?"

"Du gör ditt bästa för att försöka sysselsätta dig. Jag i min tur har tagit en ny studieväg för att försöka hitta en tillfredsställande sysselsättning åt mig i framtiden."

"Menar du att även jag borde ta ett helt nytt spår för att hitta något att göra?" frågade jag besviket.

Jag kände mig utmattad. Det var tillräckligt svårt att föra samma diskussion med mig själv varje dag. Jag hade aldrig trott att jag skulle behöva diskutera samma sak även med den kvinna som förväntades stödja mig.

"Nej. Det här handlar inte om dig", svarade hon. "Det finns inget som du kunde göra bättre."

Hennes ord kändes behagliga. Och lättande. Det var betydligt lättare att fungera som stöd åt henne än att jag skulle bli tvungen att ty mig till hennes hjälp eller råd.

"Hur mår du egentligen, Anna? Har de där björklöven verkligen skrämt upp dig?"

"Jag vet inte riktigt vad jag skall tänka om saken. Jag vill tro att de där löven är något som jag själv har omedvetet hämtat in i bostaden. Jag kan bara inte komma underfund med hur det kunde ha skett."

"En dag kommer det att serveras en enkel förklaring till det skedda", svarade jag uppmuntrande. "Men är du helt säker på att vi inte behöver vara oroliga för den där Yu Chen?"

"Man kan ju aldrig vara säker. Men jag tror nog att han koncentrerar sig på sin karriär i Shanghai för tillfället. Han har inte tid att fundera på gamla flammor."

"Människans sinnen fungerar inte alltid förnuftigt. Jag om någon vet det."

"Du hade det lite jobbigt för ett år sedan, men det var tillfälligt och du kom över det", sade Anna empatiskt. "Även om terapin var värd att bli ifrågasatt."

"Vi behöver inte gå in på den katastrofen", viskade jag, för det kändes som om våra sovande grannar lyssnade genom sovrummets vägg.

"Våra fiender från det fallet är bakom lås och bom, så det är inte de som vill skrämma upp mig."

”Det är nog säkert så.”

”Jonne, jag är ledsen över att jag lite oväntat tog upp min ställning till barn. Jag vet att vi borde ha diskuterat det mellan oss först innan jag lade ut min ståndpunkt inför våra vänner.”

”Det är okay”, sade jag svagt utan att riktigt veta min egen ställning till det. Jag hade faktiskt inte funderat på hur det skulle vara om jag blev en pappa.

”Bettina och Sebastian bara provocerade det ur mig. Men vi kan gott diskutera det, om du vill.”

”Kanske imorgon”, sade jag trött.

”Okay.”

”Vill du flytta in hit?” frågade jag plötsligt spontant. När Anna förblev tyst kändes det som om jag måste motivera mitt förslag på något sätt. ”Det kunde kanske vara tryggare så?”

”Visst vore det härligt”, svarade hon till min lättnad. ”Men jag tror nog att vårt bostadsarrangemang är bra som det är. Sällskapande par måste inte alltid flytta ihop, eller hur?”

”Vi har båda lång erfarenhet av att bo ensamma. Det kunde vara svårt att alltför snabbt anpassa sig till en annan persons vanor och revir.”

”Och vi har lyxen att vi inte av just ekonomiska skäl är tvungna att flytta ihop”, konstaterade Anna.

”Precis”, sade jag och försökte titta efter tecken i hennes ögon som tydde på att hon menade det motsatta än det hon sade.

"Men jag är glad att du frågade", sade min flickvän och vände sig för att vila på rygg igen. Hennes blick vilade mot det vitmålade innertaket.

"Men jag undrar bara...", sade jag och tittade på hennes kind.

"Vad då?"

"Varför sover vi inte? Jag menar, de här sömnsvårigheterna kan inte bero på att nätterna blir allt ljusare så här års."

"Ja, varför sover du inte?"

"Men det är ju du som inte sover. Och när du inte sover, så vaknar jag."

"Nej, det är du som väcker mig."

"Äsch, det här är en konstig diskussion", sade jag. "Och då har vi inte ens ett sådant problem att den ena av oss skulle snarka."

"Ibland funderar jag på mamma", viskade Anna.

Jag flyttade mig närmare henne. Det här var intressant. Anna hade inte berättat särskilt mycket om sin mamma, men desto mera om sin mormor.

"Minns du henne väl?" frågade jag.

"Naturligtvis, även om jag var bara 3 år när hon dog. Hennes ansiktsdrag, hennes skratt och de högljudda meningsskiljaktigheterna med hennes mamma."

"Din mormor. Ni bodde allesammans där på holmen?"

"Ja, och efter att mamma dog, tog mormor hand om mig och vi bodde på tumanhand på ön."

"Hur dog hon egentligen? Du har berättat att hon föll i trappan."

"Ja, det var fruktansvärt. Och jag blev besviken på ambulansens skötare som inte kunde göra något för henne. Hon bara dog."

"Var det därför som du började studera till vårdyrket? För att rädda patienter bättre än vad som gjordes för din mamma?"

"Kanske det. Hela min barndom präglades av mammas olycka. Ekot av dunsarna i trappan innan hon låg där vid trappans fot. Orörlig."

"Det var en olycka. Ingen är ansvarig för vad som skedde. Eller?"

"Det är något som jag måste acceptera."

"Din mormor har väl inte anklagat dig för något?"

"Nej, naturligtvis inte."

"Då så."

"Det skall bli riktigt roligt att åka till Ingå. Så får du se var jag växte upp."

"Och träffa din mormor på hennes hemmaplan. Framför allt."

"Hon är nog en personlighet. Men det märkte du ju redan när du besökte henne i sjukhuset."

"Kanske vi borde försöka sova nu", föreslog jag, och slöt ögonen.

"Godnatt", viskade min flickvän.

Efter några sekunder frågade hon dock:

”Vad har du för drömmar, Jonas?”

Jag slog förbluffat upp mina ögon igen. Det var en omfattande fråga. Varför ville hon diskutera en så djup sak just nu? Mitt i natten?

”Just nu har jag inga andra drömmar än en god nattsömn.”

”Min dröm är att bli en bra vårdare.”

”Det blir du säkert när dina studier är klara. En bra vårdare vaggar sina patienter in i en fridfull sömn. Så att deras störande tankar flyr någonstans där de får fridfullt försvinna.”

”Du har sagt att du har slutat drömma om att få ett arbete. Att det inte tjänar något till längre. Det är helt okay med din bakgrund, men har det inte dykt upp någon annan dröm istället?”

”Inte vad jag vet”, svarade jag kort, förargad och förbryllad över det konstiga samtalet.

”Du berättade när vi började sällskapa att du drömmer om att få resa till främmande länder. Resor var något som du inte hade råd med. Men nu har du ju fått arvet och kan resa precis så mycket som du vill. Uppfylla dina drömmar.”

”John Blund kunde resa hit och hjälpa mig att somna in. Så att jag får drömma om främmande länder och kulturer.”

”Jag menar det”, vidhöll Anna. ”Du borde resa mera om det ger dig tillfredsställelse. Du har råd med det nu. Och när du blir äldre, blir det allt svårare att uppfylla resedrömmar.”

”Vill du resa, Anna? Jag lovar att du får åka med mig på en resa och jag betalar den, men nu vill jag gärna sova."

"Det var inte det jag menade. Jag är själv inte särskilt ivrig på att resa. Men kanske du vill resa ensam?"

"Just nu vägrar jag att fundera på den saken", fräste jag otåligt.

"Okay, förlåt. Jag ville bara..."

"Nej, det är jag som skall säga förlåt."

"Sov gott", sade hon och jag kunde knappt tro att jag hörde rätt.

Efter en stund vaknade jag ur min slummer av att hon frågade:

"Sover du?"

"Nej, för du väckte mig med frågan om jag sover." Jag tittade argt på henne.

"Precis. Den här gången var det jag som med säkerhet väckte dig. Men du kan inte påstå att jag skulle ha gjort lika i de tidigare fallen. För det var du som väckte mig."

Jag stönade och vände ryggen mot henne. Det var under tillfällen som detta som jag verkligen kände av vår åldersskillnad. En jämnårig skulle inte ha lekt med en så allvarlig sak som en god nattsömn.

Några minuter somnade jag äntligen in i en dvala, i någonstans där jag kunde försvinna. I en tillvaro som kunde kallas för den "lilla döden". I en flytande känsla utan de levandes problem. John Blund hjälpte mig att domna bort för några timmar. Det ljuva vårljuset gav efter och det kändes som en förhandskänsla om något som var på kommande.

KAPITEL 3

Onsdag

Några dagar senare stod jag skräckslagen bakom Annas dörr. Jag ringde på dörrklockan och knackade på dörren, men ingenting hördes från hennes bostad. Utan att tveka stötte jag in reservnyckeln i nyckelhålet och steg in i hennes bostad.

"Anna?" ropade jag. "Är du här?"

Tystnaden var ett tillräckligt övertygande svar på att hon inte var där.

Min flickvän hade inte svarat på mina telefonsamtal under de senaste två dagarna. Det kändes konstigt att inte ha hört något av henne på en så lång tid. Alltsedan vi hade träffats för ett år sedan hade vi sett varandra eller åtminstone pratat i telefon minst en gång om dagen. Men inte nu. Och jag började bli mera eller mindre vansinnig av oro. Hade något hänt henne?

Eller hade hon lämnat mig?

Våra djupa diskussioner under vår sista gemensamma natt hade kanske varit för tunga för henne? Hade hon blivit rädd över tanken på att flytta ihop? Våra ståndpunkter kring barn och barnlöshet? Jag ångrade att jag hade fräst åt henne under natten.

Eller var den senaste tidens konstiga stämning ett tecken på något helt annat? Hade den pressade stämningen under Bettinas och Sebastians besök bara varit toppen på isberget?

Mina spekulationer tjänade ingenting till. Och just nu ville jag bara bli övertygad om att Anna inte var sjuk eller i fara. Att allt var okay med henne.

Hon borde väl ändå ha kunnat svara, när jag ringde henne? Bara den mest infantila sällskapspartnern lät sin vän vara orolig även om man var sårad eller ville vara ensam. Eller om hon var så skadad att hon inte kunde svara i telefonen? Eller om hon hade blivit bortrövad? Av den där kinesen som kanske förföljde henne? Eller hade hon rest till honom? Var de ett par igen?

Min mobiltelefon hittade sin väg till min hand och jag försökte ringa henne igen. Inget svar. Men jag hade inte hört några signaltoner här i hennes bostad, så det betydde att hennes mobiltelefon antagligen var på samma ställe som hon var. Jag skickade henne ett textmeddelande igen, antagligen det trettionde på två dagar. Nu ville jag låta henne veta att jag befann mig i hennes bostad med den reservnyckel, som hon hade gett mig så fort vi börjat sällskapa med varandra.

Jag öppnade spjälgardinerna för att låta krukväxterna njuta av lite vårsol. Igen en gång suckade jag över den vackra utsikten som Anna hade från sin lilla tvåa. Hon bodde på Arabiastrandens nybyggda område med våningshus och det var en fri utsikt över Gammelstadsfjärden mot Fårholmen. Längre bort såg man Stenuddens friluftsområde med små hyddor och stugor, som i tiderna hade byggts av arbetarfamiljer. På högra sidan om Stenudden såg jag de nybyggda bostadshusen i Fiskhamnen blicka åt Arabiastrandens håll. Det blåa vattnet kantades av träd, som just hade spruckit ut i ett ljusgrönt skimmer.

Det var svårt att slita blicken från det vårliga landskapet, men jag ville leta efter ledtrådar till var Anna kunde vara. Det kändes inte rätt att snoka bland hennes saker, men jag ville bara bli övertygad om att inget hade hänt henne. Det fick vara priset för att hon inte svarade på mina samtal, om hon hade beslutat sig för att lära mig en läxa för något som jag inte visste vad jag hade gjort. Mest av allt hoppades jag på att hon skulle marschera in och överraska mig här, i hennes bostad. Hur fånigt det än skulle kännas.

Jag tittade mot hennes dörr och lade märke till den post som hade skuffats in genom hennes postlucka. Postförsändelserna låg kvar på golvet, där jag stegat över dem. Det verkade faktiskt som om Anna inte hade tillbringat tid i sin bostad på flera dagar. Jag gick till köket och lade märke till att ingen disk var otvättad. Min följande tanke var att kolla hennes säng och jag gick till hennes sovrum. Sängen var bäddad, men den berättade inte hur många nätter som hade gått sedan hon senast hade sovit där. Tre nätter tidigare hade hon sovit i min säng, men vad hade hänt därefter?

Vid sängen stod hennes tunga skrivbord med alla böcker samt högar med papper som var anknutna till hennes hälsovårdsstudier. På bordet fanns också två fotografier som jag hade bekantat mig med redan tidigare: en bild av Annas avlidna mamma och en bild av en gammal tant, som jag kände igen som hennes mormor. Jag hade faktiskt träffat Annas mormor några gånger sommaren tidigare, när hon hade vistats på sjukhuset i Helsingfors.

Men det tredje fotografiet, som fick det att knyta sig i min mage, var bilden av mig. Det fotografiet hade jag inte sett i hennes bostad tidigare, även om jag mindes att jag hade gett det åt henne. Trots den senaste tidens konstiga stämning kändes det åter som om jag hade en betydelse för henne. Hon ville titta på mitt ansikte även då vi inte tillbringade tid tillsammans! Det kändes viktigt.

Samtidigt lade jag märke till papperet, som vilade mitt på hennes skrivbord. "JONAS" stod skrivet med stora tryckbokstäver på papperet. Min första tanke var att det var något konstigt med meddelandet. Omedelbart förstod jag att det berodde på de stora bokstäverna. Varför hade Anna inte skrivit meddelandet med sin normala skrivstil? Varför antog jag att meddelandet var skrivet av henne?

Utan att tveka vecklade jag upp papperet och läste texten, som även den var skriven med blyertspenna och stora tryckbokstäver.

"JONAS. SÖK INTE EFTER MIG OCH TA INTE KONTAKT MED MIG. JAG BEHÖVER TID FÖR MIG SJÄLV. ALLT ÄR BRA. ANNA."

Med papperet i min hand gick jag till hennes vardagsrum och satte mig i soffan. Hur många gånger jag än läste orden, hittade jag inget nytt. Meddelandet var kort och uttömmande. Det lämnade inget att tolkas på något annat sätt än det hon hade skrivit.

Om det var Anna som hade skrivit det.

Jag kunde inte förstå varför hon hade skrivit det med stora tryckbokstäver. Var det ett dolt meddelande? Att hon hade skrivit meddelandet under hot? Eller att hon inte hade skrivit det överhuvudtaget, utan någon annan som ville göra mig så pass lugn att jag inte lade näsan i blöt? Att hennes försvinnande hade något att göra med den där kinesen, som hade gjort oss alla oroliga under middagen tre kvällar tidigare?

Eller var det mitt detektivyrke som spelade mig ett spratt? Att jag såg dolda meningar och konspirationer i något som helt enkelt var ett frivilligt försvinnande? Men varför ville hon försvinna utan att ge mig någon förklaring? Hade jag överhuvudtaget rätt att kräva en förklaring av henne? Och vart hade hon försvunnit?

Jag försökte tvinga mig själv att tänka klart. Tankspritt gick jag fram till krukväxterna och satte mitt finger i myllan. Den kändes fuktig, men det betydde ingenting. Anna hade lämnat bostaden för bara ungefär två dagar sedan. Men om hon hade tänkt hitta någonstans att försvinna frivilligt, hade hon tänkt låta krukväxterna dö i sin bostad? Eller hade hon tagit för givet att jag skulle sköta dem på samma sätt som hon hade tagit för givet att jag skulle komma till hennes bostad för att hitta meddelandet åt mig? Eller hade hon en fiende, som hade kidnappat henne? En fiende som kände till min existens och som hade förstått vikten av att skriva ett "lugnande" meddelande åt mig?

Skulle jag acceptera att Anna Tschäder hade försvunnit av egen fri vilja och att jag därmed skulle låta bli att försöka hitta henne? Eller skulle jag forska vidare i möjligheten att hon av en eller annan orsak hade kidnappats och att meddelandet åt mig var ett blindspår?

Om någon hade kapat henne, skulle det senare vara svårt för både Anna och mig att acceptera att jag inte hade vänt på alla stenar för att försäkra mig om att inget ont hade drabbat henne.

Saken var biff. Jag måste absolut söka efter flera ledtrådar.

Jag hade redan lagt märke till att Anna hade placerat de fem björklöven på ett fat i köket. Jag var lite överraskad över att hon inte hade slängt dem, för de måste ju påminna henne om att någon förföljde henne. Det kunde vara viktigt att löven fanns kvar, ifall polisen i något skede skulle bli tvungen att leta efter fingeravtryck. Kalla kårar gick längs min ryggrad. Jag hoppades verkligen att det inte skulle bli en polissak av Annas försvinnande.

Ett högljutt tjatter riktade min uppmärksamhet mot Annas balkong. Två rivaliserande sparvar tjattrade i väggbuskaget invid den glastäckta balkongen. Igen en gång beundrade jag Arabiastrandens naturvänliga omgivning. Fåglarna letade febrilt efter ställen att bygga bo så här års. Jag slog upp balkongdörren och sparvarna flög förskräckt iväg. Vårsolen gassade, när jag tittade omkring mig på hennes balkong. En massa vintergrejor hade samlats i utrymmet och jag förundrade mig över att Anna bara ville använda det som ett förråd. Balkongen hade kunnat vara ett hemtrevligt inrett extra rum.

Försiktigt stängde jag dörren till balkongen och tittade tillbaka in mot vardagsrummet samt tamburen, som ledde till sovrummet. Hur skulle jag hitta spår till något som ledde till Annas läge? Borde jag ringa någon? Bettina och Sebastian? Annas mormor? Meddelandet hade direkt uppmanat mig att inte ta kontakt med någon. Borde jag lyda det?

En dag för flera månader sedan hade Anna krävt att jag skulle mata in hennes mormors nummer i min telefon, ifall något hände Anna. Hittills hade jag aldrig ringt upp tanten, och jag tvekade även nu. Det skulle vara så fel. Första gången jag ringde henne fick inte vara i så här olyckliga omständigheter. Och dessutom ville jag inte oroa gamlingen i onödan, för jag visste ju faktiskt inte ännu om något hade hänt Anna eller inte.

Plötsligt slog det mig. Detektiver grävde alltid i skräpkorgar, för där kunde finnas viktiga ledtrådar. Jag gick till köket, där jag visste att Anna förvarade sin skräpkorg.

Hennes kärl med allmänavfall, bioavfall och energiavfall var tomma, men metallkärlet innehöll två tomma konservburkar, som innehållit tomatkross. Ett kärl innehöll tre tomma glasburkar. Jag drog ut lådan med pappersavfall och den visade sig vara nästan full av pappersreklam och gratistidningar. Under den översta tidningen hittade jag något intressant. Ett kuvert, som hade rivits i strimlor. En del av strimlorna saknades, men det som fanns tillgängligt, var tillräckligt. Baksidan av kuvertet hade rivits så att endast det handskrivna "Yu" syntes på det stället där avsändaren vanligtvis brukade anteckna sitt namn. Adressen var bortriven. På kuvertets framsida såg jag tydligt att Annas namn och adress hade skrivits med samma handstil. Framsidans frimärke och stämpel hade slitits bort.

Anna hade nyligen fått ett brev av Yu Chen! Ändå hade hon försäkrat både mig och Bettina att hon inte hade hört av Yu på åratal. Det låg definitivt en hund begraven. Hade den svartsjuka kinesen kidnappat Anna?

Jag letade genom alla papper som fanns i insamlingskärlet, men de försvunna pappersstrimlorna fanns ingenstans att hitta. Varför hade Yu Chens adress rivits bort och varför hade frimärket försvunnit från kuvertet? Skulle det ha berättat att brevet hade skickats från något annat ställe än från Kina, om frimärket hade funnits kvar? Sedan mindes jag att Anna hade berättat om en studiekompis som samlade på frimärken och att hon alltid sparade alla frimärken åt honom. Kanske hon hade placerat kuvertets frimärke på ett annat ställe tillsammans med andra frimärken så att hon senare skulle överlämna dem åt sin studiekompis? Det betydde dock att jag skulle bli tvungen att rota allt djupare bland Annas personliga saker, och det ville jag inte ännu i detta skede.

Viktigt var dock att en obalanserad man kunde vara inblandad i Annas försvinnande och det betydde att jag inte tänkte acceptera hennes förbud att leta efter henne. Frågan var dock, vad skulle jag ta mig till härefter?

När jag gick mot Annas ytterdörr, visste jag att jag behövde hjälp och jag visste också var jag skulle hitta den.

I Västnyland.

*

Men det betydde inte att jag skulle resa till Västnyland, regionen där Anna och jag hade våra rötter.

Några timmar senare satt jag i min egen bostad, några minuters promenad från Annas bostad i Arabia. Från min bostad i Vallgård hade jag utsikt mot Arabiastranden, där Anna bodde, även om jag inte såg hennes bostad. Mina tankar låg både i telefonsamtalet, som jag nyss hade avslutat, och i mitt följande steg i jakten på Anna, som hade försvunnit någonstans.

Jag hade ringt upp min vän i Ekenäs, poliskonstapel Stefan Rundberg, som även tidigare hade gett goda råd i mina detektivuppdrag. Han hade träffat Anna för ett år sedan, så han förstod nog min oro, när jag berättade om hennes försvinnande. Trots det hade han hållit sig objektiv och han hade berättat hur han skulle ha tagit emot mitt telefonsamtal gällande en försvunnen person, om jag hade varit en främling.

En fullvuxen människa kunde betraktas som försvunnen först efter att man hade kontaktat släktingarna med frågan om hon befann sig hos dem. Och först efter att man hade letat efter henne i alla relaterade bostäder såsom sommarstugor. Men eftersom hon hade lämnat efter sig ett meddelande som tydde på ett frivilligt försvinnande, så kunde polisen inte gå emot hennes fria vilja. Och då meddelandet om hennes så kallade försvinnande kom från "enbart en vän såsom jag", och inte från en äkta make, hade mina misstankar ingen praktisk betydelse. Angående Yu Chens inblandande så fanns det inte tillräckligt med indicier på att han var en skurk eller att han ens var i Finland.

Då jag frågat Stefan om det fanns något som han kunde göra icke-officiellt, hade han diplomatiskt svarat att jag kunde använda mina detektivtalanger för att fiska fram mera tecken på att Anna hade försvunnit mot sin vilja. Då skulle han kanske kunna forska vidare via officiella kanaler. Med samma motivering hade han också vägrat en teknisk undersökning som möjligen avslöjade en persons läge genom att lokalisera hans eller hennes mobiltelefon.

Och därför satt jag nu i min bostad och funderade på nästa steg. Jag hade redan beslutat mig för att försöka hitta Anna. Om hon var i fara, skulle jag aldrig kunna förlåta mig om jag inte hade lyft ett finger för att rädda henne.

Men vad skulle jag göra? Åka till Ingå för att prata med Annas mormor? Det skulle vara slöseri med tid om Anna faktiskt var i fara, för mormodern kunde väl inte ha något med en sådan sak att göra? Nej, det var nog dags att ringa upp henne. Det förinställda numret lyste upp när jag tryckte på uppringningsknappen.

”Tschäder”, sade den skröpliga rösten, som jag bekantat mig med föregående sommar på sjukhuset.

”Det här är Jonas Österfelt, Annas pojkvän”, sade jag försiktigt.

”Jahaja, när skall ni komma till holmen?”

”Jag vet faktiskt inte. Det är nämligen så att jag har tappat bort Anna. Jag har inte haft kontakt med henne på två dagar.”

”Jag vet inte om det är normalt i moderna förhållanden”, svarade Annas mormor. ”Själv har jag inte haft kontakt med någon man på över sextio år.”

”Ja, öh, jag är nog lite orolig, för det är inte Annas stil”, sade jag samtidigt som jag kände mig som en hysterisk kärring.

”När Anna var liten, rymde hon en gång och var borta i fem dagar innan vi hittade henne i en väninnas lada på fastlandet.”

”Ni är alltså inte orolig?” frågade jag antingen lite lättad eller lite besviken.

”Nej, ring igen om hon inte har hört av sig på en vecka. Och besök mig här på holmen. Jag kommer inte att vara här särskilt många år längre.”

Mormor Tschäder lade på luren och jag tittade lite bortkollrad på hennes nummer, som slocknade när samtalet tog slut. Det var uppenbart att jag inte skulle få hjälp i Ingå, så det var dags att fundera på andra sätt att handskas med den information som jag hittills hade samlat ihop. Mina tankar gick igen till den man, som hade oroat Anna under de senaste dagarna. Om Anna var i fara, var det uppenbart att Yu Chen var inblandad. Det hade spåren visat på. Därför kändes det akut och nödvändigt att jag måste koncentrera mig på honom.

Jag gjorde flera olika sökningar på hans namn i Internet, och det visade sig vara ett vanligt namn i Kina. Dessutom kunde jag göra sökningar enbart på engelska, för Kina hade ett eget Internet med sina egna skrivtecken. Lyckligtvis hittade jag dock en del om en Yu Chen i Shanghai, varifrån Anna hade sagt att hennes internationella studiekamrat hade varit.

En Yu Chen hade befordrats till utvecklingsdirektör på ett prestigefyllt vårdhem för släktingar till utländska medborgare i Shanghai. Eftersom orden "vård" och "internationell" väl kunde passa in på den Yu Chen som hade utbildats i Finland, skrev jag ett e-postmeddelande till honom. Eller snarare det för- och släktnamn som kunde kopplas till det företagsnamn med snabel-a, som meddelades på företagets hemsida. Jag skrev i mitt meddelande om han kände "Anna Tschäder" och om han i så fall kunde kontakta mig.

Därefter hade jag kollat via mitt sociala forum vad Anna sade om sig själv på sitt forum. Ingenting. Det berättade dock att hon hade loggat in sig själv på sitt sociala forum senast för tre dagar sedan. Även det gjorde mig lite orolig. Om hon var försvunnen av egen fri vilja, varför hade hon isolerat sig även från det sociala forumet, där hon kunde verka utan att ha direkt kontakt med just mig? Och varför bekräftade hon inte med ett textmeddelande att allt var bra med henne?

Jag hade bestämt mig för att lägga ut ett fotografi av Anna på mitt konto i det sociala forumet. Att hon var försvunnen och att jag letade efter tips om var hon kunde finnas och om hon hade blivit sedd någonstans. För säkerhets skull lade jag ut texten även på engelska. Därefter öppnade jag mitt konto för hela allmänheten att titta på, då det dittills hade varit öppet bara för dem som jag hade accepterat som mina vänner och bekanta.

Vårsolen gassade genom fönstret och såg ut att hetta upp min soffa. Jag lade mig på soffan med ansiktet rakt i solstrålarnas väg. Det kändes skönt att låta vårsolen smeka mitt ansikte även om fönstrets glas hindrade den från att bränna mitt ansikte. Jag slöt ögonen och försökte koncentrera mig på problemet. Vad mera kunde jag göra? Jag hade en känsla av att jag borde leta efter Anna i hennes hemtrakter, i Ingå, men det kändes ändå inte rätt. Det var fel att mitt förstaintryck av holmen skulle vara under så här dåliga omständigheter.

Hur hade det blivit så här? Var det rentav en lättnad för mig att Anna hade försvunnit på ett mystiskt sätt? Var det lättare för en man att hans flickvän hade försvunnit mot sin vilja än att hon hade lämnat honom?

En plötslig signal fick mig att hoppa upp i soffan. Hade Anna äntligen svarat på mina samtal och meddelanden? Med en blixtsnabb gest öppnade jag min mobiltelefon och tittade febrilt på vad meddelandet sade.

Det var från Yu Chen. Han skrev på engelska att han inte visste något om Annas försvinnande. Han ville dock gärna träffa mig om jag hade möjlighet att resa till Shanghai.

Med en fnysning halvslängde jag mobiltelefonen mot kuddarna i soffan. Vilket dåligt skämt! Om jag reste till Shanghai! Vad skulle man föreslå härnäst? Att månen var det hemlighetsfulla någonstans, dit Anna hade försvunnit?

I rena rama frustrationen öppnade jag min television, där ett reseprogram berättade om Maltas fantastiska sevärdheter och matkultur. Plötsligt mindes jag Annas och min resa till Malta föregående höst. Och att Anna hade diskuterat med mig om mina resedrömmar. Och att jag nuförtiden hade tillräckligt med pengar att uppfylla mina drömmar. Jag hade möjligheten att resa precis dit jag ville, även om jag inte hade riktigt förstått ännu att det var en förändring jämfört med tidigare.

Om jag ville resa till Shanghai, så fanns det ingenting som hindrade det. Hur utopistiskt det än hade varit innan jag hade fått det oförväntade arvet. Om jag ville vända alla stenar för att hitta Anna, borde jag göra det.

Några minuter senare surfade jag på Internet efter möjligheterna att förverkliga en resa till Shanghai med ett kort varsel.

KAPITEL 4

Fredag

Flygplanet tappade lite höjd och plötsligt befann vi oss under molnen. Mongoliets oändliga, torra stäpper bredde ut sig under flygplanets fönster. De var inga sanddyner, men trots det imponerande, böljande, ödsliga vildmarker utan buskar eller träd. Jag försökte kika mot horisonten ifall jag skulle få en glimt av den legendariska Kinesiska muren. Muren, som var ett bevis på övermäktiga mänskliga arbetsinsatser. Och som samtidigt symboliserade en skymf mot alla dem som gick arbetslösa.

Ingen hade anlitat mig för att utföra min kommande arbetsinsats, ett detektivuppdrag med målet att hitta min försvunna flickvän. Men ändå var jag på väg till världens ände för att leta efter henne. Hon fanns inte någonstans på den torra vildmarken nedanför mig. Jag hoppades att hon fanns i den storstad, dit jag var på väg. Och att hon var beredd att komma tillbaka hem. Till mig.

Planet landade på Beijings internationella flygfält och en del av passagerarna steg av. Ungefär hälften stannade i väntan på att flygplanet skulle fortsätta sin färd efter mellanlandningen. Några nya passagerare kom in men jag fäste ingen uppmärksamhet vid dem. Efter en timme lyfte vi igen över den kinesiska huvudstadens gråa betongförorter och jag försökte få en glimt av Den Förbjudna Staden med den Himmelska Fridens Torg. De dök inte upp i mitt synfält och jag kände mig lika besviken som när jag förstått att jag inte hade lyckats med att se den Kinesiska muren heller. De tunga föroreningarna hade gjort dimman till ett tröstlöst, konstgjort molntäcke även om det annars hade varit en dag med sol och uppehåll.

Jag försökte planera mina nästa steg. Snart skulle vi landa i Shanghai, och jag skulle ha hela dagen på mig innan jag träffade Yu Chen efter hans arbetsdag. Det fanns inget praktiskt jag kunde göra innan mina diskussioner med Yu Chen, så jag skulle helt enkelt få bekanta mig med miljonstaden.

När planet lyfte, började några småbarn skrika för fulla muggar, då de fick ont i öronen. Skriket gick genom märg och ben och de verkade solidariskt skräna i samma takt. Ingen ville förebrå varken barn eller föräldrar, som valt att ta sina barn med sig på en krävande resa, men allas miner pekade på ett apatiskt missnöje. Ingen kunde fly från utrymmet. Ingen kunde fly skriken. Under det ögonblicket förstod jag Annas önskan att inte skaffa barn. Eller var det överhuvudtaget hennes egen vilja? Var det något i hennes barnfria tillvaro som jag inte kände till?

Under flygresan hade jag läst ett reportage som berättade att en okänd man hade blivit påkörd av en bil. Han hade avlidit på sjukhuset utan att bli identifierad, eftersom han hade saknat id-papper när olyckan skedde. Först efter en månad hade polisen lyckats reda ut hans namn och adress. När polisen hade gått in i den ensamstående mannens bostad, hade de stött på ytterligare ett lik. Lämningarna av en kvinna hade hittats fastkedjad i bondage i hans hemliga sex-rum. Hon hade dött av undernäring under månaden som gått utan att ha kunnat befria sig. Hon hade varit en gift kvinna som hade haft ett hemligt förhållande med mannen som hade dött i olyckshändelsen.

Jag kände inom mig hur den gifta kvinnans familj hade oroat sig för hennes välbefinnande under månaden som hon hade varit försvunnen. Jag försökte låta bli att tänka hur det måste ha känts då budskapet om hennes död hade levererats. Och hur det hade känts då omständigheterna kring hennes död hade avslöjats.

Ett dygn tidigare hade jag haft full upp med att ordna resan. Jag hade begett mig till den kinesiska ambassaden i Brändö för att köpa ett expressvisum. Jag hade köpt en flygbiljett till Shanghai med ett öppet returdatum och jag hade växlat några e-postmeddelanden med Yu Chen. Han ville gärna träffa mig hemma hos honom efter att jag hade berättat vad som hade hänt samt hur jag hade kommit honom på spåren. Var hans samarbetsvillighet ett bra tecken? Om han hade kidnappat Anna, varför ville han så gärna hjälpa mig? Eller ville han få mig att försvinna också?

Landningen på Shanghais Pudong-flygfält gick väl och passgranskningen förlöpte utan incidenter. Så fort jag hade gått förbi tullkontrollen och befann mig på kinesisk mark, kände jag mig som en riktig turist. Jag var omgiven av reklamskyltar med kinesiska tecken, men till min glädje fanns det också tillräckligt med informativa skyltar med västerländska tecken och på engelska. Det var lätt att hitta till flygfältets järnvägsstation och plötsligt befann jag mig i ett tåg som körde med en vådlig fart genom den kinesiska bygden. Trots att flygfältet befann sig tiotals kilometer från den kinesiska storstaden, tog det endast 7 minuter att nå stadens centrum.

Shanghai kändes som en myrstack. Var jag än gick, stod jag i vägen för de lokala. De rörde sig med militärisk precision i en sorts synkroniserad takt, och alla som inte hörde till flocken var utanför normerna. Eller snarare stod de i andras väg. Det var en omöjlig tanke att jag skulle hitta

Anna bland alla dessa människomassor.

Jag trängdes bland turister i Yuyuan Gardens, området som var fyllt med gamla byggnader och pagoder. I Bund-distriktet, området fyllt med shoppingmöjligheter och finansbolags skyskrapor, kände jag mig likaväl bortkommen. Visst hade jag drömt om exotiska destinationer, men här drömde jag mest om den finländska landsbygdens lugn och ro. Och om den ro som Anna hade hämtat med sig i mitt liv.

Det var också lätt att sakna Västnylands härliga, rena luft bland all den förorening, som stack i min näsa i den kinesiska storstaden. Trots att det var en solig dag, skymde föroreningarna utsikten och jag saknade vårens långa, solklara dagar på den finska landsbygden. All den tystnad och inspirerande natur, som man knappt kunde föreställa sig här i myllret.

Och det var naturligtvis jakten på Anna som till dagens slut förde mig till en taxi. Chauffören kände igen de kinesiska bokstäverna på den lapp, som jag hade hämtat med mig. Lappen innehöll adressen till Yu Chens hem, och han hade skickat tecknen åt mig dagen innan.

Taxin lämnade mig framför ytterligare en skyskrapa, men den här var tydligen ett bostadshus för tusentals invånare. Jag befann mig i ett bättre område, för byggnaderna omgavs av träd och grönska och färggrann målfärg. Skyskrapan hade en egen receptionist, som tittade på lappen. Han programmerade något på en namnbricka, som jag förväntades presentera åt en signalläsare i hissen. En stund senare öppnades dörrarna någonstans i mitten av skyskrapan och jag steg in i en korridor, där en man redan väntade i en öppning bland åtskilliga invånares dörrar. Han vinkade åt mig att komma närmare, och tveksamt skakade jag hand med Yu Chen.

"Terve vanha tuttu", sade Yu och det tog en stund innan jag förstod att han hade sagt något på finska istället för på kinesiska. Till råga på allt en klichéartad finländsk hälsning.

"Ni hao", svarade jag hövligt, men fortsatte på engelska: "Tack för att du tog emot mig på så kort varsel."

"Jag lärde mig tyvärr bara lite finska under min praktiktid i Finland, och ännu mindre svenska."

Min värd visade med handen att jag förväntades sätta mig i den bekväma soffan, men jag gick hellre mot fönstret och tittade på den fantastiska utsikten. Ett tiotal likadana bostadsskyskrapor bredde ut sig framför oss. Vi var så högt uppe att när jag tittade ner mot marken, kändes det som om jag var lika högt uppe som jag varit några timmar tidigare i flygplanet.

När jag gick tillbaka mot soffan märkte jag att inredningen var modern men ändå traditionell. Kinesiska mönster och möbler fyllde lokalen, men de hade ändå moderna inslag i sig. Yu Chen var tydligen en konstig kombination av traditioner och framåtsträvande. Även hans morgonrock såg ut som en gammal kinesisk sidenrock, men under den skymtade jag moderna collegebyxor.

En ung kvinna dök upp från någonstans och hon serverade oss grönt te med spröda, tunna kex. Hon böjde huvudet framåt som om hon var en tjänarinna och Yu Chen viftade med handen att hon skulle lämna oss i ro. Jag undrade för mig själv om kvinnan var hans hustru, älskarinna eller tjänarinna. Hade Yu Chen i tiderna förväntat sig att Anna Tschäder skulle ha haft samma roll som den ödmjuka kvinnan hade haft? Tanken var omöjlig att smälta.

"Ni har säkert inte hört enbart gott om mig, herr Österfelt", sade Yu och tittade ut mot de gigantiska skyskraporna. Mitt namn lät som Östelfelt och det var faktiskt ett tecken på att kineserna hade svårt att uttala bokstaven r.

"Ni hade visst svårt att hitta er plats i det finska samhället", sade jag diplomatiskt.

"Det var en förskräcklig kulturchock", beklagade sig Yu. "Jag klarade inte av studierna ända till slut och måste avbryta utbytesprogrammet. Allt det finländska behovet av att gå sina egna vägar utan att se till allmänhetens väl. All den byråkrati, som jag hade trott att Kina var världsbäst på. All den smaklösa maten. Alla de självständiga kvinnorna."

"Den finska kvinnan går inte att tämja", sade jag beskt, mest av allt irriterad på att kinesen hade kritiserat de finländska dygder som jag ofta hade trott att var vår fördel. "Allra minst Anna Tschäder."

"Ja, först trodde jag faktiskt att jag i henne hade hittat något som påminde mig om den kinesiska, ödmjuka kvinnan. Om mitt hem i all det finländska mörkret. Men så var hon trots allt ändå oåtkomlig."

"Och det hade du svårt att acceptera", påpekade jag torrt.

"Jag är inte stolt över mitt beteende. Men jag var livrädd för att förlora det enda som gjorde min tillvaro i Finland dräglig. Därför försökte jag behålla henne."

"Men det hjälpte inte. Hon ville göra slut."

"Till slut fick jag ge efter trots att jag försökte få henne att ta tillbaka sitt beslut. Och jag hann inte be om ursäkt för mitt beteende. Jag ville bara snabbt lämna landet."

"Och så började affärerna blomstra", sade jag och tittade omkring mig i Yu Chens fina, dyra lokal.

"Sant. Jag har inte hunnit koncentrera mig på kärleksaffärer under de senaste åren. Arbetet har varit ytterst belönande och tillfredsställande."

"Så du har inte ägnat Anna några tankar under alla dessa år?"

"Jovisst, ofta har jag tänkt på hur roligt vi hade tillsammans. Och jag har märkt att jag ofta söker mig till kvinnor från främmande länder här i Shanghai. Det är antagligen Anna Tschäders arv. Att jag är öppet nyfiken på främmande kulturer."

Yu Chen sörplade ljudligt med läpparna mot tekoppen.

"Vill du ha middag? Min..., öh, hushållerska kommer att göra Peking-anka ikväll. Du vet ankkött, som man lindar in i små plättar och doppar i olika såser."

"Det låter gott, även om jag åt sezhuansk snabbmat i centrum tidigare idag."

"Då är det bestämt. Du stannar här ikväll. Jag vill veta mera om vad som händer i Finland för tillfället."

Yu Chen klappade i händerna och tjattrade något snabbt åt kvinnan som omedelbart dök upp i dörröppningen.

"Vet du vad fem björklöv kunde symbolisera?" frågade jag försiktigt och hänvisade till den konstiga händelsen, som Anna hade uppmärksammat i sin bostad.

"Tyvärr inte."

"Och du har inte varit i Finland under den närmaste veckan."

"Definitivt inte", skrockade Yu som om jag hade uttalat ett skämt.

"Och du har inte skickat ett brev åt Anna under de senaste dagarna?"

"Jag vet inte ens hennes adress nuförtiden."

Det kändes lite konstigt att fråga ut mannen som var tio år yngre än vad jag var, men ändå verkade ha det mångdubbelt bättre ställt. Men var han lika lycklig som han var framgångsrik?

"Men hur lyckades du tappa bort Anna Tschäder?" frågade Yu och jag blev lite överraskad av frågan. Ur hans synvinkel var jag antagligen lika ansvarig för Annas försvinnande som jag trodde att han kunde ha något med saken att göra.

"Jag vet faktiskt inte", svarade jag och förklarade detaljerna kring Annas försvinnande.

"Det låter som om hon lämnade dig på samma sätt som hon lämnade mig", sade kinesen gäckande. "Plötsligt blev hon kall och sedan hörde jag inget av henne. När jag sedan sökte upp henne och krävde en förklaring av henne, var det plötsligt jag som betedde mig osportsligt."

"Du hittade henne dock", svarade jag surt.

"Hon lärde sig kanske av mig. Nu ser hon till att du inte hittar henne, så att hon inte behöver konfronteras med dig på samma sätt som med mig", sade Yu och jag märkte att hans kinder började blossa.

"Jag vill fortfarande reda ut om hon har försvunnit med eller mot sin vilja. Ännu är jag inte övertygad om att det har skett frivilligt."

I samma ögonblick pep min mobiltelefon i min ficka.

"Titta vad det handlar om", uppmanade Yu Chen. "Låt mig inte störa. Det kan vara en viktig ledtråd i jakten på Anna Tschäders läge."

Jag lyfte min telefon och märkte att jag hade fått ett meddelande via mitt sociala forum, dit jag hade lämnat inslaget om den försvunna Anna. Jag läste meddelandet många gånger innan jag tveksamt lade telefonen ifrån mig.

"Det var tydligen något viktigt", sade Yu Chen, när han såg min chockade min.

"Anna har blivit sedd i Indien", sade jag och tystnade för att låta det oerhörda smälta in i min värd. "En främmande indier skrev till mig via min efterlysning på det sociala forumet att han har sett henne i Delhi."

Yu Chen lade fingertopparna mot varandra och tittade fundersamt på mig. Jag såg på honom utan att se på honom. Jag kände mig mera borttappad än någonsin. På något sätt sökte jag sympati i den man, som jag kommit ända till Shanghai för att anklaga för Annas försvinnande. Vid det här laget hade jag redan till och med fattat tycke för den man som hade skrämt Anna några år tidigare.

"Jag tror inte att du kommer att hitta Anna i Shanghai", sade Yu. "Tror du fortfarande att jag har något att göra med hennes försvinnande, Jonas?"

"Jag tvivlar på det", sade jag ärligt. "Trots det där kuvertet i hennes skräpkorg, som ledde mig till dig.”

”När du i ditt e-meddelande berättade om kuvertet, bestämde jag mig för att bjuda dig hit”, sade min värd. ”För jag började ana ugglor i mossen. Allt står inte rätt till.”

”Hur så?” frågade jag nyfiket.

Yu Chen böjde sig framåt och tog fram något som han hade förvarat på en tidningshylla under vardagsrummets bord. Han tog fram ett papper, som han räckte över till mig, där jag satt i soffan. Jag tog papperet som visade sig vara ett kuvert. Förbryllat vände jag på det.

Misstroget tittade jag på Yu Chen och han nickade som en bekräftelse på att det jag såg var sant.

”Det där kuvertet anlände i min postlåda för två dagar sedan. Det innehöll inget papper och det var alltså endast ett tomt kuvert.”

Men det var inget vilket kuvert som helst. Det såg likadant ut som det jag hade hittat i Annas skräpkorg, och som hade lett mig ända till Shanghai. Framsidan innehöll endast Yu Chens namn och ett sydafrikanskt frimärke med en stämpel från Kapstaden. Baksidan meddelade att brevet hade skickats av Yumba Ngoro, och under hans namn stod hans adress i den sydafrikanska staden.

Jag lade märke till att om man rev bort ”mba Ngoro” och avsändarens adress, samt framsidans frimärke och stämpel, skulle det se identiskt ut med de pappersstrimlor som jag hade hittat hos Anna. Men nu ledde spåret inte till Yu Chen i Shanghai utan till en okänd Yumba Ngoro i Kapstaden. Skrivstilen var densamma på båda kuverten. Men det kunde väl inte vara en slump att ledtråden i Annas lägenhet hade rivits så att den ledde mig till just Yu och inte till Yumba?

"Vet du vem Yumba Ngoro är?" frågade jag när jag väl fick mål i munnen.

"Jag har aldrig hört namnet", sade Yu Chen. "Och det här fallet börjar få en allt konstigare riktning."

"Har du försökt leta upp något om honom? Eller henne?" frågade jag, när jag väl fattade att jag inte visste om Yumba var en mans eller en kvinnas namn.

"Ja, det är någon som jobbar i vinbranschen i staden Stellenbosch, i närheten av Kapstaden. Men namnet och bakgrundsinformationen säger mig ingenting."

"Inte mig heller", sade jag ärligt. "Men det är tydligt att det finns en koppling. Varför skulle en person i Kapstaden kontakta Anna och dig, som har ett gemensamt förflutet, med ett likadant meddelande utan innehåll? Och varför försvinner Anna i samband med det?"

"Det är faktiskt otroligt. Och jag kan inte hitta på någon förklaring. Jag har också försökt minnas om det skulle ha funnits någon sydafrikan i de internationella studiesammanhangen när Anna och jag träffades i Finland. Men inget påminner mig om något. Märkväl att jag inte förstod kopplingen mellan kuvertet och Anna förrän du skrev ditt meddelande åt mig."

Jag suckade djupt.

"Borde jag alltså resa till Sydafrika för att leta efter Anna? Eller till Indien?"

"Varför inte bådadera?" frågade Yu Chen. "Du kan göra en mellanlandning i Delhi på väg till Sydafrika. Delhi är ungefär halvvägs till Afrika härifrån."

"Tycker du det?" frågade jag tvekande.

"Du var beredd att resa från Finland till Shanghai för att hitta din flickvän", sade Yu torrt. "Nu kan du antingen åka hem eller fortsätta din resa. Hur mycket har du tänkt satsa på det här sökandet?"

"Jag har inte funderat på saken", svarade jag snabbt. "Men pengar skall inte behöva vara den avgörande faktorn då jag bestämmer mig för hur jag skall gå vidare."

"Jag kan låta min assistent göra allt för att hitta ett billigt alternativ, om du vill flyga från Shanghai till Sydafrika med en mellanlandning i Delhi."

"Har du en assistent?" frågade jag men hejdades av honom när han lyfte händerna för att klappa ihop dem igen. Hushållets kvinna var tydligen hans allt-i-allo.

"Vi kan låta henne sköta alla detaljer imorgon, så får du åka iväg redan med nattflyget imorgon kväll", föreslog Yu. "Du behöver bara lämna ditt pass åt henne så sköter hon resten. Jag är säker på att man kan skaffa ett expressvisum till Indien. Och vi kan betala med mina bankdetaljer så får du täcka kostnaderna med en banktransaktion senare."

"Varför vill du hjälpa mig?" frågade jag misstänksamt.

"Av samma orsak som du vill hjälpa Anna."

"Är du fortfarande förtjust i Anna?"

"Kanske lite. Men inte på det hysteriska sätt som när vi bröt upp. Hennes korta tid i mitt liv är en av orsakerna till att jag befinner mig där jag befinner mig just nu", sade kinesen belåtet.

"Har du en ny kvinna i ditt liv?" frågade jag försiktigt.

"Sådant frågar man inte i Kina. Bara i Finland. Men jag svarar ändå: kanske."

"Borde vi klappa ihop händerna för att bekräfta den saken?" frågade jag gäckande.

Min värd log för första gången under vår förkväll.

"Kanske det."

Dofterna från ankan sipprade in i vardagsrummet från köket. De kändes verkligen lockande.

"Vad skulle du rekommendera att jag gjorde imorgon, medan jag väntar på flygbiljetten till Delhi och Kapstaden?" frågade jag som för att bekräfta att jag gick med på Yu Chens förslag att fortsätta jakten på den försvunna flickvännen.

"Låt mig se", sade Yu Chen tankfullt. "Mitt favoritställe är Huangshan-berget, men det är för långt borta för enbart en dagsutflykt. Där mediterade jag länge innan jag var beredd att ta emot det utmanande jobb som jag har just nu. Men kanske den vackra, närliggande staden Suzhou kunde vara intressant? Den har ett gammaldags kinesiskt stadscentrum med kanaler, som får staden att kallas för Kinas Venedig."

"Det låter intressant", sade jag.

"Då berättar jag hur du kommer dit, och så stämmer vi träff imorgon så att du hinner få dina resedokument och ditt pass. Kanske vi träffas i ditt hotell?"

"Tack för all hjälp", sade jag. Min värd reste sig som tecken på att vi skulle gå till middagsbordet.

"Vi har ännu mycket att diskutera", sade Yu Chen. "Vårt gemensamma intresse är att göra ditt uppdrag så framgångsrikt som möjligt. Och det betyder att Anna Tschäder skall komma tillbaka välbehållen."

Jag tittade en gång till på mannen, som hade vunnit mitt förtroende. Inte hade han väl menat att Anna Tschäder borde komma tillbaka välbehållen till honom?

När Yu Chens unga, vackra hushållerska neg ödmjukt i dörröppningen till köket, omgiven av härliga matdofter, hade jag svårt att tro att Yu Chen fortfarande längtade efter min Anna.

KAPITEL 5

Söndag

Kulturchocken var total. Den kom inte ens nära mina andra möten med främmande kulturer. Alla mina känslor lyftes potentiellt så fort jag kom utanför den internationella delen av Indira Gandhi-flygfältet i Delhi.

Majhettan vällde över mig redan i den luftkonditionerade flygterminalen och jag kunde bara ana hur det var utomhus. Indiska bokstäver och reklam fyllde mitt synfält och jag försökte erinra mig någon skylt med någon pil som skulle föra mig bort från det värsta myllret. Hundratals indiska chaufförer trängdes med namnskyltar i terminalen. Det gällde för turister och affärsmän att hitta sina namn på någon av skyltarna ifall de på förhand hade beställt skjuts från flygfältet.

Någon Bollywood-dansföreställning började plötsligt röra på sig mitt i folkmassan och den ackompanjerades med kaotisk musik. Febrilt försökte jag hitta en lugn vrå, där jag kunde samla mig inför jakten på min chaufför. Under de några stegen till en lugn plats vid en läskedrycksautomat hann jag bli erbjuden taxitjänster av sju ivriga unga indier.

Rajiv Bharat, som hade meddelat mig att han hade sett Anna i Delhi, hade lovat att möta mig på flygfältet. Det pirrade i min mage. Vad skulle jag göra om Rajiv trots allt inte mötte mig? Om han hade lockat mig till Delhi i onödan? Jag hade en och en halv dag på mig i Delhi innan mitt planenliga flyg skulle föra mig vidare till Kapstaden. Kanske jag skulle titta omkring mig i den indiska huvudstaden och sova två nätter på det hotell, som Yu Chens hushållerska hade bokat åt mig. Jag hade redan vant mig vid att fungera som turist medan jag väntade på följande steg i mitt uppdrag. Den kinesiska staden Suzhou nära Shanghai hade verkligen varit sevärd.

"Mistee Oostefeel?" erinrade jag mig någonstans medan jag drack girigt ur min vattenflaska.

En kort indier i medelåldern klädd i en beigefärgad rock stod framför mig med en skylt på vilken någon hade skrivit "John Ostfell". När jag förstod att det var mig man menade, räckte jag spontant fram min hand men ändrade gesten snabbt till en asiatisk hälsning med handflatorna mot varandra.

"Hur visste du att jag var jag?" frågade jag på engelska.

"Vi indier känner till sådana här saker", sade mannen med ett hemlighetsfullt leende och presenterade sig som Rajiv Bharat.

Jag undrade för mig själv om jag hade signalerat en fördom att vi västerlänningar förväntades alla se likadana ut, på samma sätt som jag hade svårt att se skillnader i indierna. Jag skämdes över mina tankar och hoppades på överseende av min värd. Samtidigt lade jag märke till hans turban och min första tanke var att han var sikher. Jag visste att de på något sätt var annorlunda än Indiens majoritet, hinduerna, men jag kände inte till detaljerna och skämdes över mina brister.

"Du är välkommen till mitt hem", sade Rajiv och signalerade med handen att följa honom. "Jag förklarar allt där."

Jag försökte gå i samma takt som Rajiv, men redan på väg till flygterminalens utgång hann tre chaufförer erbjuda mig skjuts in till staden till ett betydligt bättre pris än vad mitt chaufförsval skulle begära.

Allt det jag hade känt i flygterminalen var småpotatis jämfört med den indiska luften utanför svängdörrarna. Ett sjufalt större chaufförsutbud väntade utanför och en fruktansvärd värmebölja. Allt det ackompanjerades med de mest brokiga lukter som jag någonsin hade känt. Det var en blandning av svett, hårolja, kryddor, ruttnande grödor och den fräna lukten av brinnande sopor. Jag längtade omedelbart efter en vindpust som kunde lätta på den tunga luften, men ingen lättnad kom.

Jag kände mig lätt illamående och började oroa mig för den ökända indiska magsjukan, som kallades för Delhi-belly.

Rajiv stannade stolt framför en av tusentals identiska taximopeder, en gul-och-grönmålad rickshaw. Jag förstod att det var hans fortskaffningsmedel och det fordon som skulle föra oss till hans hem i Delhi. Kanske hans yrke var taxichaufför? Jag hade läst någonstans att vissa kaster inte fick äga fortskaffningsmedel, såvida det inte var väsentligt för deras yrke. Det indiska kastsystemet reglerade individens möjligheter att flytta, få önskad utbildning och att få välja partner åt sig. Men det förde också med sig en viss grad av trygghet med ett förutsägbart liv och sysselsättning. Som långtidsarbetslös respekterade jag dessa sidor av systemet.

En stund senare körde vi med full fart på en motorväg, och jag kippade efter andan varje gång min värd gjorde en hårresande omkörning. Varje fordon som vi passerade hade en skylt på baksidan, som uppmanade att använda signalhornet och det märktes. Från alla håll och kanter hördes bilars tutande och jag förstod inte hur den individuella chauffören kunde förstå att signalen var ämnad åt just honom. Dessutom verkade alla titta på de otaliga reklamskyltarna längs vägen istället för att koncentrera sig på trafiken.

Den stickande luften bet in sig i mina ögon, där vi körde i hög fart framåt utan att rickshaw-mopedens plastskydd förmådde skona mitt ansikte. Jag önskade att jag hade mina solglasögon nära till hands även om solljuset inte var särskilt bländande.

Vi passerade en ko, som lugnt betade på en buskes löv alldeles invid motorvägen. Jag hoppades att kon inte skulle göra en plötslig rörelse mot körfilen, men det såg ut som om både chaufförerna och djuren var vana vid trafiken och dess regler. En annan ko hade sitt huvud djupt i ett skräpämbar och jag förstod att kreaturet hittade rutten föda någonstans i ämbarets botten. Plötsligt dök en teori upp i min hjärna. Indierna åt kanske inte nötkött av religiösa orsaker utan för att de ständigt såg vad kossorna i själva verket åt som föda!

Trafikljus vittnade om att vi närmade oss Delhis centrum och Rajiv saktade in. Så fort de röda ljusen hade tvingat oss att stanna helt, knackade några barn på det provisoriska plastfönstret vid sidan av mopedtaxin. Jag såg bedjande ögon få min blick att fästa sig vid en stympad arm och det var uppenbart att jag förväntades ge en allmosa åt barnet. Rajiv muttrade något som lät som ett icke-godkännande, men jag gav snabbt några rupier åt barnet. Det verkade inte vara en klok gest.

På några sekunder hade det dykt upp ett tiotal andra barn omkring vår rickshaw och alla hade sina små händer utsträckta för att även de skulle få en demokratisk andel av allmosorna. Ett av barnen hade ett hål istället för ett öga, ett annat hade en konstig missväxt på skallen och ett annat hade en enorm brun fläck över hela högra kinden. Chockad tittade jag omkring mig och såg att tiotals andra barn närmade sig från alla håll. Högljutt krävde de allmosor och handfallet tittade jag på dem, väl medveten om att jag inte kunde hjälpa dem alla. Jag kände också på mig att situationen skulle bli allt mera påträngande om jag delade ut mera pengar. Samtidigt byttes det röda ljuset till grönt och Rajiv gasade iväg med en rivstart. Ett barn trillade nästan ur rickshawn ut på vägen, där alla bilar skoningslöst började köra framåt. Alla barn klarade sig dock den här gången och försvann åt olika håll vid vägens kanter.

Rajiv sade ingenting, men jag kände hans blickar i mig. Tydligen hade jag gjort något som inte var att rekommendera. Det var dock en främmande tanke att jag bara känslolöst borde ha tittat på deras bedjande blickar. Kulturchocken började krypa över mig och jag fick ett behov av att spara denna upplevelse på något sätt. Tveksamt grävde jag i min ryggsäck efter den kamera, som jag hade glömt att överhuvudtaget använda i Kina.

Den trehjuliga mopeden saktade in igen och jag förstod att nästa trafikljus närmade sig. En sari-klädd kvinna rotade bland skräpet vid vägrenen och jag lät min kameralins följa hennes rörelser. Hon märkte snabbt att jag höll på att ta ett fotografi av henne och plötsligt rusade hon mot oss. Högljutt ropade hon någonting men Rajiv accelererade snabbt vidare.

"Hon ville ha betalt för att hon var din modell", förklarade han och skuldmedvetet lade jag undan min kamera.

Det verkade som om inga regler stämde i detta land och det var säkert bäst att låta Rajiv sköta allt som behövde skötas. Ju mindre uppseendeväckande jag var, desto lättare skulle det säkert vara att fungera i Delhi, vad jag än förväntades uträtta. Det var en omöjlig tanke att Anna kanske fanns någonstans i Indien. Hon hade aldrig talat om landet och det var konstigt om hon hade lämnat en sådan upplevelse onämnd, eller om hon hade en koppling till denna exotik. Inom mig hoppades jag på att hon inte skulle finnas här utan att jag skulle få fortsätta söka efter henne i Kapstaden. För om hon var här, skulle jag troligtvis bli tvungen att ändra på mina flygplaneringar och stanna längre för att få henne bort härifrån.

Vi körde förbi en enorm mur som jag identifierade som Röda fortet i Delhi, en fästning som hörde till Delhis främsta sevärdheter. Vi passerade också en triumfbåge, som Rajiv förklarade att hette India Gate. Vi kom snart till Delhis gamla kvarter och till min förvåning lade jag märke till att vart och ett av kvarteren koncentrerade sig på en viss sysselsättning. Det fanns ett kvarter med cykelverkstäder, ett kvarter med reservdelar till olika fordon och ett kvarter med silversmide. Rajiv stannade sin moped invid en minimal ledig plats och parkerade sitt fordon där.

Jag steg ur med ryggsäcken i min hand och tittade omkring mig. Så långt jag kunde se fanns det marknadsstånd med olika pappersprodukter, mappar och kalendrar.

”Det här är bokbindarnas stadsdel”, förklarade Rajiv. ”Min familj har ingen direkt koppling till bokbinderi, men vi gör det som behövs i varje kvarter.”

”Taxichaufförer?” föreslog jag, men förstod omedelbart på Rajivs blick att jag var på villospår.

Vi gick förbi två skjulliknande väggar, där medelpunkten bestod av två stolar och en stor spegel. Rajiv nickade mot två män, som stod böjda över två kunder i var sin stol. Med vana rörelser lät de rakkniven stryka kundernas käke.

"Mina två söner", sade Rajiv stolt och de unga männen nickade mot mig. Det var uppenbart att de kände till att pappan hade hämtat mig från flygfältet och att jag hade ett uppdrag att sköta. "Vår släkt är barberare."

Rajiv ledde mig förbi skjulet, där hans söner arbetade, och vi kom till en smutsig innergård, varifrån Rajiv visade vägen längs trappor och gränder upp till fjärde våningen i ett våningshus. Vi gick längs en lång, kal korridor med otaliga dörrar och kom fram till en halvöppen dörr varifrån spännande matdofter spred sig.

"Min familj och de flesta andra i det här huset hör till kasten naj", förklarade Rajiv. "De flesta av oss är barberare och vi har våra tjänstepunkter runtom Delhi."

Det var uppenbart att kasten inte var särskilt högrankad eller välbärgad, men de verkade klara sig. Och huvudsaken för dem var tydligen att de inte var kastlösa, för då skulle de bränna lik eller städa. De som hörde till kasten naj, hade stöd av varandra och sökte sig att bo i samma kvarter.

"Egentligen motsätter vi sikher hela kastsystemet", fortsatte Rajiv, och jag förstod ingenting. Något sade mig att jag inte skulle förstå även om jag frågade.

Vi steg in i dörröppningen, och jag såg ett tiotal sikher i olika åldrar sitta på golvet runt en uppställning av tiotals olika små maträtter. De hade tydligen väntat på att Rajiv skulle anlända med sin gäst. Han satte sig bredvid en kvinna, som tydligen var hans hustru och sade på engelska att jag var välkommen i hans hem. Han sade något på ett lokalt språk och alla nickade respektfullt mot mig. Både Rajivs barn och barnbarn och andra släktingar. Tydligen hade jag blivit presenterad som den långväga detektiven.

Rajiv tog en bit roti-bröd och snart började skålarna med olika såser passera oss var och en. Det var uppenbart att man skulle skopa lite sås med brödet och på det sättet njuta av de olika rätterna.

"Är det här en normal middag hos er?" frågade jag försiktigt av Rajiv.

"Normalt har vi en femtedel av de dessa såser", svarade han utan att titta på mig.

Naturligtvis. Min ankomst pressade dem att lägga upp en festmiddag, något som de normalt kanske inte hade råd med. Jag kände mig lite skyldig när jag tvekade att smaka på en brun-beige sås, men sedan tänkte jag att det var Rajiv Bharat som hade kallat mig till Delhi. Det var hans eget ansvar att stå för provianten.

Två timmar senare var jag proppmätt. Maten hade varit utsökt och den Delhi-belly som jag hade oroat mig för tidigare, hade egentligen visat sig vara en hunger som gjort sig tillkänna. Nu var den hungern mättad med Chicken Xacuti, kyckling i en stark kokossås samt Tandoori Kingfish. Jag hade blivit serverad Paneer, bondostskivor i spenatsås och jag hade fått smaka på lamm i äppel-kanelsås. Rotibrödet hade skopat upp russin-vitvinssås med Butter Chicken, och en curry dhal, som inte liknade någonting indiskt, som jag någonsin hade ätit hemma i Helsingfors.

När Rajiv steg upp som tecken på att måltiden var avslutad, var jag så belåten att jag inte ville stiga upp. Han sade något som fick alla matgästerna att raskt försvinna från utrymmet och kvar blev endast tomma kärl. Med en gång vaknade jag till, för jag insåg att jag faktiskt hade ett uppdrag att sköta. Jag hade inte kommit till Indien endast för att njuta av god husmanskost hos en fattig familj.

"Jag hoppas att du är nöjd med vår gästfrihet, herr Oostefeel", sade Rajiv med en lite tillbakadragen röst.

"Absolut", sade jag belåtet, men stelnade till då jag såg Rajivs allvarliga ansikte.

"Det är nämligen så att vi har kallat dig hit på kanske lite vaga grunder..."

Mina tankar gick till Anna, för det var hon som var i nyckelpositionen. Rajiv hade sett henne här i Delhi och det var det faktum som hade fått mig att komma till Indien.

"Jag måste vara ärlig, herr Oostefeel. Det är så att vi inte har sett fröken Anna här i Delhi."

"Inte?" var det enda som min oförstående min lyckades stöta ut som ord.

"Det var min son som upptäckte din efterlysning av Anna på Internet. Han upptäckte också att du är en privatdetektiv. Dessutom underströk du att pengar inte är ett hinder i dina undersökningar."

"Ja?" sade jag utan att förstå någonting. Den obehagliga känslan i maggropen verkade återvända.

"Vi är i ett desperat behov av en privatdetektiv", förklarade Rajiv, fortfarande utan att kunna titta mig i ögonen. "Av en utländsk detektiv.

Och vi har inte råd med en sådan. Därför tänkte vi bjuda dig hit och be dig hjälpa oss."

"Varför just en utländsk detektiv? Varför just jag?"

"Ditt öppna inlägg i det sociala forumet var ett tecken för oss. Din efterlysning av den försvunna kvinnan kunde utnyttjas för att locka dig hit."

"Jag förstår det, men varför just en utländsk detektiv? Det måste väl finnas detektiver i en storstad som Delhi?"

"Vi kan endast använda oss av tjänster som erbjuds av naj-kasten. Medlemmar av andra kaster får inte hjälpa oss. Vi har redan anlitat två detektiver i naj-kasten, men de har misslyckats i sitt uppdrag. De kan inte ge oss svaret på de frågor som vi behöver. Vi får inte använda oss av andra detektiver än de som tydligen misslyckas. Ingen regel förbjuder oss dock att anlita en utländsk detektiv. Alla tar alltid för givet att utlänningar inte vill hjälpa oss."

Jag fnös inom mig, men vågade inte visa alltför öppet hur besviken och rasande jag var. Man hade lurat mig till Indien! Bara för att uträtta något som jag inte skulle ha gjort om jag hade vetat från början vad det var fråga om. En lång, dyr resa hade skett på fel grunder och jag hade förlorat två dagar i jakten på min försvunna flickvän. Jag skulle få fortsätta min resa till Sydafrika först om två dagar.

Det värsta var att jag hade lovat mig själv att det här inte skulle få ske igen. För två år sedan hade jag lurats att reda ut ett fall i Fiskars i västra Nyland, och det hade satt djupa spår i mig. Jag hade känt mig utnyttjad. Sårad. Slagen till marken. Och jag hade trott att jag lärt mig något av det.

Men nej. Nu hade jag rest tusentals kilometer för att upptäcka samma mönster igen. Var det min uppgift i livet? Att bli utnyttjad?

Å andra sidan, jag var redan här i Delhi och det fanns ingenting jag kunde göra åt saken. Jag hade denna dag och följande dag på mig att göra något innan jag skulle följa nästa spår i jakten på Anna. I ett helt annat land. Kanske jag kunde göra något nyttigt medan jag väntade? Och jag hade ju faktiskt blivit bjuden på en av de bästa middagarna i hela mitt liv. Kanske det hade varit Rajivs avsikt? Att mata mig nöjd och medgivande?

”En utländsk detektiv skulle nog vara rätt dyr”, sade jag med blicken i golvet. Lätt skuldmedveten tänkte jag på de fattiga barnen med sina utsträckta händer.

”Tyvärr har vi inte råd med att betala ditt arvode”, sade Rajiv ärligt. ”Men jag kör dig gärna tillbaka till flygfältet när du än vill, utan förväntan på att du skall betala något. Jag kan bara be om ursäkt för att vi har slösat din värdefulla tid.”

Jag hostade till över det ”furstliga” erbjudandet.

”Jag har också slösat en flygbiljett till Delhi till ingen nytta”, sade jag torrt.

”Om du lyckas lösa fallet finns det ett litet hopp om att vi kan betala ett litet arvode”, sade Rajiv.

Det kändes omöjligt att ta emot pengar av den fattiga familjen. Efter all den fattigdom och misär som jag hade sett på vägen mellan flygfältet och centrum, hade en medkänsla väckts inom mig. Samtidigt mindes jag Annas ord att jag hade tillräckligt med pengar nu. Jag hade faktiskt igen en gång glömt det. Jag hade ärvt en hel del pengar och jag hade det bra ställt. Det var oskäligt att ta upp kostnadsfrågan här i denna stad. Och redan nu hade jag fått uppleva stora saker, som annars vore ovärderliga. Något som pengar inte hade kunnat köpa mig. De glada ansiktena i Rajivs familj, när de delade av den furstliga middagen, som de hade skapat till min ära.

"Vad kan jag göra?" frågade jag med en trumpen min.

Rajivs ögonvrå fick en djup, skrattande fåra, när hans ansikte bröt upp i ett brett, lättat leende. Hans stora, bruna ögon speglade en djup tacksamhet, som fick mig att snyfta till. Jag dolde snabbt den snyftningen med en falsk hostattack. Det besvarades med att Rajiv snabbt kommenderade sin hustru att koka upp den bästa tedrycken, som huset hade att bjuda på.

*

"Den här vägen", sade Rajiv ivrigt och steg ut från vårt middagsutrymme till korridoren. Hans hustru följde med oss. Hennes blåa sari böljade efter henne när hon raskt gick i den kala korridoren och stannade framför en dörr. Hon stack en nyckel in i dörren, öppnade den, och med en bister min sprang hon iväg tillbaka till köket. Rajiv gick in i det utrymme, som hans hustru just hade öppnat, och jag gick efter.

"Min svåger bodde här. Min hustrus bror. Han dog."

Rajiv tittade på mig som om hans ord hade förklarat allt det jag behövde för mina undersökningar.

"Under mystiska omständigheter, förmodar jag?" Det var den enda logiska förklaringen till att en detektiv behövdes.

"Väldigt mystiska omständigheter", svarade Rajiv. "Polisen anser dock att fallet är avklarat och att inga utredningar behövs längre. Hans död har klassats som självmord."

"Men din familj är av annan åsikt. Därför har ni anlitat privatdetektiver. Varför?"

"Min hustru är övertygad om att han har blivit mördad. Vi vet att han hade tagit en stor livförsäkring. Försäkringsbolaget vägrar att betala ut försäkringen åt min hustru så länge hans död är stämplad som ett självmord. Om vi kan bevisa att det var fråga om en olyckshändelse eller ett mord, blir försäkringsbolaget tvunget att betala ut min svågers livförsäkring."

"De tidigare detektiverna har inte lyckats bevisa detta, men ni är inte villiga att ge upp ännu?"

"Vi behöver en objektiv detektiv, som kan tänka på alternativa sätt. En utländsk detektiv är det bästa alternativet. Om den här möjligheten misslyckas, är min familj beredd att lägga min svågers liv åt sidan. Efter det är vi beredda att acceptera hans död. Utan att han lyckades hjälpa oss finansiellt efter sin bortgång."

Jag tittade omkring mig i lokalen. Det var ett litet rum som påminde lite om en studentbostad i Helsingfors. En etta med de väsentliga attiraljer man behöver som ensamstående. Jag antog att alla detaljer kring fallet fanns i detta rum. Antagligen hade svågern dött i just det här utrymmet, eftersom jag hade blivit ledd hit.

"Berätta allt", sade jag och satte mig i en länstol.

"Min svåger har bott tillsammans med oss så länge jag har känt min hustru. Han har aldrig gift sig, men han har inte behövt vara ensam. Han betalade en liten hyra för sitt eget rum och han gjorde sin andel för att bekosta vår föda. Han satte sig till bords precis som vilken medlem av familjen som helst."

"Hade han sällskap här i rummet?"

"Ingen. Våra barn tillbringade ibland tid med sin morbror här i hans rum, men för det mesta var han ensam."

"Inga tillfälliga nattgäster?"

"Aldrig", svarade Rajiv bestämt.

"Okay, ursäkta, jag avbröt historien. Fortsätt gärna."

"För några månader sedan berättade han plötsligt åt sin syster att han hade tagit en livförsäkring. Om något hände honom, skulle min hustru bli hans förmånsmottagare."

"Fanns det någon orsak till att han tog livförsäkringen just då?"

"Min hustru och jag tänkte inte på saken just då. Men nu då han dog, började vi förstås fundera. Du antyder att han skulle ha planerat något då han beslöt sig för att teckna livförsäkringen?"

"Polisen tror att det var självmord. De tror att han begick självmord för att dölja att dödsorsaken skulle bli någon annan, kanske en dödlig sjukdom. Varken sjukdomen eller självmordet skulle tvinga försäkringsbolaget att betala ut försäkringens pengar åt er, men om dödsorsaken formellt var någon annan skulle ni kanske få lite pengar via honom. Men var han då sjuk?"

"Obduktionen har inte visat på någon sjukdom."

Jag tittade förundrat på den indiske mannen framför mig.

"Var han psykiskt sjuk?"

"Han var nog lite nedstämd. Åtminstone den senaste tiden. Vi tror att det beror på att han besökte en astrolog."

"Har det någon betydelse?"

"Ja, han sade en gång att en astrolog hade sagt att han inte kommer att leva länge."

"Han var inte sjuk, men han var övertygad om att han skulle bli dödligt sjuk rätt snart?" föreslog jag.

"Ärligt sagt så tror både min hustru och jag att han faktiskt var övertygad om att han inte skulle leva länge. Att det inte fanns direkta bevis på att han skulle bli sjuk, men att han ändå trodde det. Och att han ville hjälpa oss med den kunskapen så långt det var möjligt."

"Ni tror alltså själva att han begick självmord på ett sådant sätt att han skulle få försäkringsbolaget att betala åt er efterkommande en stor summa pengar?"

"Ärligt sagt, ja. Hans avsikter var goda."

"Nu vill ni alltså att jag skall hjälpa er att svindla pengar av försäkringsbolaget?"

"Jag vill att du skall hitta sanningen åt oss så att vi kan göra rätt beslut."

"Ni vet alltså inte vad han gjorde?"

"Nej, därför har vi fortfarande vårt hopp kvar. Att det faktiskt hände en olycka eller ett mord, som gör att vi är berättigade till försäkringspengarna. Och att vi inte skall behöva bära skammen som hans självmord fört med sig."

"Okay, hur dog han?" frågade jag och hoppades innerst inne att det inte skulle komma några skrämmande detaljer. Det var redan tillräckligt hårresande att jag befann mig i en kultur, där en astrolog lyckats övertyga en om att ens dagar var räknade. Och att man därmed i desperation kunde begå självmord. Även om självmord betydde att man skulle bli återfödd som en varelse eller ett djur av lägre värde i den religionen.

"En morgon hände något väldigt ovanligt. Min svåger dök inte upp i vårt vardagsrum för att äta morgonmålet, roti-bröd med gårdagens rester. Min hustru knackade på dörren utan att han öppnade. Vi märkte att dörren var låst inifrån, men vi lyckades öppna dörren med hans systers reservnyckel. När vi kom in i min svågers rum såg vi att han hängde i ett rep från takkroken."

"Den första tanken är onekligen att han hade begått självmord genom att hänga sig", sade jag fundersamt. "Det låsta rummet är en klassisk gåta, men det finns alltid en orsak till att liket hittas i just ett låst rum. Och den orsaken är nästan alltid att avleda spåret från det uppenbara till något annat."

"Min svåger var faktiskt en lite klurig person. Men jag tror faktiskt att om det var ett självmord, valde han det låsta rummet för att det skulle vara hans syster som kom in i rummet med reservnyckeln, och inte något av de små barnen."

"Alldeles", sade jag, rörd över att det kunde ha funnits en så omtänksam baktanke.

Jag tittade ut genom det lilla fönstret och såg att ingen utifrån kunde ha krupit in i rummet på fjärde våningen. Fasaden var slät och det fanns ingen möjlighet att klättra uppåt utan en vinsch eller en stege, och närmaste grannfönster var flera meter borta.

"Fönstret var reglat inifrån", förklarade Rajiv. "Om någon hade kommit in genom fönstret, borde han ha avlägsnat sig via ytterdörren efter att ha tvingat min svåger i galgen. Och det var omöjligt, eftersom dörren var låst inifrån."

"Enda logiska förklaringen är alltså att han reglade fönstret, låste dörren och hängde sig själv. Det är tydligen även polisen övertygad om. Varför är ni då inte övertygade? Ropade han på hjälp eller hörde ni något buller?"

"Vi börjar närma oss kritan, John Oostefeel", sade Rajiv Bharat och fäste sina bruna ögon i mina. "Det har blivit fastställt att min svåger dog senast klockan 01 den där natten. Men vi alla vaknade klockan 04.15 av buller och människoljud i hans bostad. Både min hustru, jag och två av mina söner säger att de vaknade och vi är helt övertygade om att ljuden kom från hans bostad. Vi känner till det här husets ljudkanaler och vi vet precis varifrån ljuden kommer."

"Varför gjorde ni ingenting åt ljudet redan under natten?"

"Vi gjorde det som vi alltid brukar göra när något ljud väcker oss på natten. Vi vänder oss och somnar in igen. Vi kände inget behov av att reagera på ljudet, speciellt eftersom det inte var alarmerande och det slutade lika snabbt som det började."

"Människoljud från ett rum, där ett lik hänger sedan tre timmar tillbaka", mumlade jag. "Någon timme senare kommer ni in i rummet, hittar liket, och konstaterar att rummet var låst inifrån. Har ni någon egen teori om vad som kan ha hänt?"

"Vi har ingen aning om hur det kunde vara möjligt", svarade Rajiv med en trött röst.

"Kan någon ha smugit i korridoren på natten utan att ni skulle märka det?"

"Det är nog möjligt."

"Kan ni berätta vad bullret påminde om och något om rösterna? Mäns ljud eller kvinnors? Var det diskussioner eller gräl?"

"Det var mäns ljud och det var hektiska röster. De grälade faktiskt om någonting. Men varken min familj eller jag kan erinra oss om det var min svågers röst eller någon annans."

"Så det är rösterna eller ljudet som får er att misstro er svågers självmord", sade jag fundersamt. "Att det är fråga om ett mord. Att någon var i rummet klockan 01, hängde din svåger och avlägsnade sig ur rummet senare på natten. Varför skulle någon göra något sådant?"

"Kanske de sökte efter något i rummet? Något värdefullt som min svåger hade gömt?" föreslog Rajiv förhoppningsfullt.

"Fanns det tecken på att rummet hade blivit genomsökt?"

"Nej", erkände Rajiv. "Eftersom polisen inte kan hitta någon ledtråd till de där nattliga ljuden, tror de att vi försöker vilseleda dem för att tvinga försäkringsbolaget att betala åt oss."

"Finns det någon opartisk person, någon annan än er familjemedlemmar, som har hört ljuden?"

"Nej, tyvärr. Men vi ljuger inte. Vi hörde ljuden."

"Din svåger kanske ville att ni skulle höra ljuden. För att ni på ett trovärdigt sätt skulle ifrågasätta självmordet och på det sättet övertala försäkringsbolaget att betala det som din svåger ville att ni skulle få."

"Men om det var hans motiv, varför ville han inte ordna en bättre och mera trovärdig olycka än en hängning?"

Jag tittade på Rajiv utan att hitta ett svar på hans fråga. Han fortsatte dock självmant:

"Jag vet. Min svåger var rädd för handikapp och smärtor. Om det var bestämt att han skulle dö, skulle det nog ske i hans eget rum på ett relativt snabbt och smärtfritt sätt."

"Hmm", svarade jag. "Min uppgift är alltså att förklara för er varifrån det nattliga ljudet kom."

"Vi får alltså vara beredda på att det bästa vi kan få är en förklaring till ljudet. Och att det inte var ett mord, och att det inte finns pengar att få." Rajiv såg sorgsen ut, som om en dröm om ett bättre liv blev raserat.

"En förklaring är oftast det bästa man kan få", sade jag kryptiskt och lät Annas ansikte blixtra inom mig. Nu var det dock inte Annas tur. Jag hade ett annat uppdrag att sköta. Och svaret fanns i detta rum.

Jag tittade omkring mig i det lilla rummet. Någonstans fanns källan till ljuden. Det var antingen en uppenbar källa eller en dold källa. En bandspelare eller en dold högtalare. Något som kunde leda ljud från en plats till en annan. Någonting.

"Har polisen hittat någonting i rummet som har med ljud att göra?" frågade jag. "Någonting som de har fört bort? Eller har detektiverna hittat något som kunde vara en ledtråd i fallet?"

"Polisen bökade runt i rummet, men de bad oss inte kvittera något som skulle ha förts bort. Och detektiverna hittade ingenting som kunde vara till hjälp."

Jag tittade på rummets ventilationsöppningar och andra nischer, där en liten bandspelare kunde vara gömd.

"Kanalerna leder inte ljud från ett rum till ett annat", påpekade Rajiv.

"Det tror jag på", sade jag. "Men det jag letar efter är en liten bandspelare. Din svåger måste ha installerat en bandspelare att börja sända ett färdigt inspelat ljud mitt i natten efter att han var död. Det gjorde han för att ni skulle bli övertygade, och för att ni vidare skulle övertyga myndigheterna om att hans död var något annat än självmord."

"Polisen har redan letat genom hela bostaden. Det enda de hittade var en liten fickradio, som inte fungerade för den innehöll inga batterier."

"Den är alltså utesluten", mumlade jag och tittade omkring mig. "Men vi är fortfarande inte övertygade om att det inte kan ha funnits män här i det låsta rummet timmar efter att din svåger dog."

Min blick föll på televisionsapparaten och jag satte mig fundersamt i länstolen igen. Den var riktad mot televisionen och det var uppenbart att svågern brukade sitta ensam om kvällarna och titta på tv-program. Mina tankar gick till otaliga Bollywood-filmer.

"Tv-apparaten var släckt när vi kom i rummet på morgonen", sade Rajiv. "Den släcker sig själv efter fem minuter om signalen från digitalboxen släcks."

"Så den borde alltså ha varit släckt då din svåger dog."

"Precis", sade Rajiv och tittade omkring sig efter andra möjliga ledtrådar.

Min blick hade dock fastnat på tv-apparatens ledningar och installationer. Det såg ovanligt bekant ut. Det liknade mina egna arrangemang i min bostad. På en hylla under själva tv-apparaten fanns en digital box, som omvandlade digitala tv-signaler till god bildkvalitet. På tv-bordet fanns också två fjärrkontroller, en för digiboxen och en för själva tv-apparaten. En idé började utvecklas i min hjärna.

"När ni kom in i rummet på morgonen, var tv-apparaten helt släckt eller i viloläge?"

"Både tv:n och digiboxen var i viloläge", svarade Rajiv.

Jag hade ofta förundrat mig hur till och med de fattigaste alltid hittade pengar till tv-apparater. I de sämst ställda slumområdena såg man alltid antenner på taken till höckel. Var tv-signaler lösningen på denna gåta?

"Rajiv, om man lägger ett program på förinställd inbandning via digiboxen och släcker digiboxen till viloläge, vad händer då inspelningstiden startar?"

"Digiboxen vaknar till liv av sig själv när tiden slår in", svarade Rajiv.

"Vaknar tv-apparaten till liv också?"

"Nej, såvida den inte var påkopplad."

"Men om den var påkopplad till en kanal, som skickar bild men inte ljud, vad händer då?"

"Det finns faktiskt en kanal som skickar enbart en testbild, och det håller televisionen påkopplad, eftersom det är en kanal med signal, och televisionen släcks därmed inte av sig själv."

"Men om man har programmerat digiboxen att starta en inbandning klockan 4.15 från en annan kanal med ett program, där det hörs buller och grälande män, vad händer då?"

"Televisionen vänder automatiskt kanalen till den som bandas in."

"Samma ljud som bandas in börjar höras i realtid från televisionsapparaten som dittills har varit tyst och visat enbart testbild."

"Okay", viskade Rajiv med ögon som tändes av förståelse. "Det programmet är inställt att bandas i cirka 30 sekunder, så pass länge att grannarna vaknar av oljudet, och de somnar in igen när inbandningen tar slut."

"Hur får man televisionen att somna in automatiskt så att den inte fortsätter sända signaler från den kanal varifrån inbandningen just har tagit slut?"

"Man har programmerat in ett andra program att bli inbandat", sade Rajiv och jag förstod hur fortsättningen skulle låta.

"Ett program från en kanal utan sändning."

"Inbandningen har programmerats att ske i högst en minut, vilket är tillräckligt för att tv-apparaten byter automatiskt kanal till kanalen utan sändning och rutan visar endast snö."

"Och så släcker den sig av sig självt efter fem minuter, eftersom tv-apparaten inte tar emot någon sändning från den kanalen."

"Under en kort tid har tv-apparaten skickat ut oljud och släckt sig av sig självt. Vittnen tror sig ha hört människor från lokalen, där tv-apparaten har befunnit sig."

Vi tittade tyst på varandra, Rajiv och jag. Hans hustru stod plötsligt i dörröppningen och tittade förväntansfullt på sin make och mig. Rajiv förklarade med några ord vad vi hade funnit. Utan att säga ett ord gick Rajivs hustru fram till tv-apparaten och kopplade på den. Även digiboxen slogs på och vi tittade på en funktionstavla, där vi förväntades välja vad digiboxen förväntades göra. Rajiv tog fjärrkontrollen ur sin snyftande frus hand och tog fram en lista på inspelade program.

"De nyaste inspelningarnas tidpunkt stämmer", sade Rajiv entusiastiskt och pekade på inspelningstiderna från mitt i natten. Den sista inspelningen var för endast några sekunder och den borde enligt vår teori innehålla endast snöprogram. Rajiv valde det nästsista programmet och tv-rutan flimrade till.

Två grälande män tjattrade med hög röst. Programmet med de grälande männen varade i en halv minut och släcktes av sig självt. Rajivs hustrus snyftanden vittnade om att det grälande ljudet hade låtit bekant. Hennes reaktion tydde på att hon nu accepterade vad som hade hänt hennes bror.

"Han gjorde sitt bästa", sade Rajiv stelt. "Han ville att vi skulle få försäkringspengarna även om han begick självmord. Han försökte skapa ett mord och ett alibi på falska grunder. Vi kan inte fortsätta processen nu när vi vet vad som hände. Kunskapen om sanningen är värdefullare än vilka pengar som helst. Vi har inga krav på försäkringsbolaget längre."

"Hur visste han vilket program och under vilken tid det lönade sig att sätta på band för att grälet skulle höras bäst?" frågade jag.

"Det där programmet är ett av Indiens mest berömda filmer", sade Rajiv. "Alla vet dess scener och när de faller in. Det var lätt att räkna ut under vilken tid de två manliga huvudrollsinnehavarna grälade med varandra i filmen."

Rajivs hustru steg fram till mig och tog mina händer i sina.

"Thank you", sade hon, och jag visste inte om hon hade förstått mera av mina och Rajivs engelskspråkiga diskussioner.

"En sikher vill skydda sin familj med alla medel", sade Rajiv som om det var ett svar på alla de öppna frågor som kvarstod.

Jag nickade vänligt åt Rajivs hustru, och det kändes faktiskt skönt inom mig. Kanske min indiska avstickare inte hade varit helt bortkastad trots allt. Min närvaro hade haft en betydelse. Tydligen hade Rajivs instinkter sagt rätt hela tiden. Det behövdes en utomstående för att se den ledtråd som fanns under deras näsor hela tiden. I det här fallet hade den utomstående rest ända från Finland till Delhi för att peka på sanningen.

"Låt mig köra dig till hotellet", insisterade Rajiv.

"Tack", sade jag och kände plötsligt att jag var rätt trött.

"Får jag köra dig på en rundtur i Delhi imorgon?" frågade min värd.

"Nej tack", sade jag för det kändes som om jag ville lämna familjen Bharat i fred. Jag ville själv också få lite lugn och ro. Men så fick jag en idé, för jag hade faktiskt en hel dag på mig i Delhi innan resan mot Kapstaden skulle fortsätta.

"Hinner man göra en utflykt till Taj Mahal på en dag?" frågade jag med tanken på det världsberömda gravmonumentet tindrande i mina tankar.

"Absolut", svarade Rajiv. "Man stiger upp tidigt, åker med tåg genom det vackra, rödfärgade Rajasthan till staden Agra och tillbringar dagen där. Till kvällen kommer man tillbaka till Delhi. Jag kan hjälpa med att skaffa tågbiljetten."

Tanken på Taj Mahal var fascinerande. Vem skulle ha trott för några dagar sedan att jag plötsligt skulle få se ett av världens moderna sju underverk? Den entusiastiska känslan byttes snabbt ut i dystra tankar igen, då jag mindes varför jag var här. Jag letade efter min flickvän, som hade försvunnit någonstans.

Samtidigt mindes jag att Taj Mahal hade byggts av en mogul, som sörjt sin hustru som hade dött ung. Jag hoppades innerligt att Anna Tschäder inte skulle vara död, när jag äntligen hittade henne. Död såsom Rajiv Bharats svåger.

KAPITEL 6

Tisdag

Det majestätiska Taffelberget tornade upp bakom Kapstadens moderna stadssilhuett. Några moln gled fram längs bergets platta topp och jag undrade hur våren framskred hemma i Finland. Luften var torr och het i den sydafrikanska staden trots att lövträden var konstigt färggranna. Jag hade svårt att vänja mig vid tanken att hösten hade kommit till södra halvklotet just nu, när den efterlängtade våren äntligen hade kommit till mitt hemland.

Taxibilen stannade vid Greenmarket Square och jag steg ur fordonet för att promenera de sista stegen till mitt hotell. Det kändes som om jag befann mig i en gammal centraleuropeisk stad, när jag gick över kullerstenarna. Eftersom det började skymma, tändes gatubelysningen just när jag steg in i hotellet.

Trots att jag var fruktansvärt trött, var jag också vrålhungrig. Det fanns inget annat råd än att gå till en närliggande kvartersrestaurang innan jag fick sova ut ordentligt mellan rena lakan. Jag hade inte lyckats sova på flygplanet och föregående natt hade jag vaknat mitt i natten för att hinna till det tåg som förde mig på dagsutflykten till Agra och Taj Mahal. Det började kännas som om jag inte riktigt hann med i alla svängar. I vilket land och i vilken världsdel befann jag mig? Det enda jag visste var att min dygnsrytm började bli allvarligt rubbad av de ständiga bytena mellan tidszoner, och min sömnlöshet blev allt värre.

Till råga på allt hade jag helt oväntat blivit uppgraderad till första klass på flyget, och det kändes konstigt. Efter all den fattigdom som jag hade sett i Indien, blev jag plötsligt uppassad med lyx på ett flygplan. Kontrasten var överväldigande.

På Long Street fanns en afrikansk restaurang som såg intressant ut. Jag beställde en soppa med biltong och water bloemtje, som visade sig innehålla torkat kött och en sorts vattenblomma. Till huvudrätt valde jag bobotie, som beskrevs som en sorts kött-moslåda med chutney.

Trots att Delhis obligatoriska magsjuka fortfarande pinade mig, hade den märkligt nog inte drabbat min aptit. Allt smakade som förut, men det retade mig att det ibland blev lite bråttom till toaletten. Symptomen blev dock hela tiden allt lindrigare. Lyckligtvis.

Medan jag väntade på maten tittade jag på några resebroschyrer, som jag hade plockat med mig från hotellets reception. En lokal utflykt till Godahoppsudden marknadsfördes med majestätiska bilder. Kontinentens sydligaste punkt var samtidigt platsen där den kalla Atlanten mötte den varma Indiska oceanen och spännande virvlar skapades där. Samma utflykt lovade också att man fick se pingviner ute i det vilda i närliggande Simon's town. Jag hoppades innerligt att jag skulle hitta Anna här i Kapstaden, så att vi sedan fick bekanta oss med Sydafrikas vackraste sevärdheter tillsammans. Eller åka på safari. Eller lata oss på sandstränderna i Kalk's Bay eller Muizenberg.

Maten var härligt god, men den verkliga stjärnan var vinet. Husets vin var ett lokalt märke från den närliggande staden Stellenbosch, dit jag var på väg följande dag. Jag började se fram emot utflykten, och hoppades att mitt möte skulle föra mig närmare min försvunna Anna.

Väl ute igen, på väg till hotellet, förundrade jag mig över hur behaglig luften kändes. Allt kändes så mycket lättare jämfört med den tunga, fuktiga luften i Delhi och den förorenade luften i Shanghai. Och de färggrant målade husen i Bo-Kaap påminde mig om hur gråa de finländska våningshusen i våra dystra förorter är.

Plötsligt lade jag märke till ett återkommande mönster i Kapstadens stadsbild. I varje gatukvarter stod en lokal man, som tog emot pengar av bilister, som parkerade sina bilar vid trottoaren. Först trodde jag att han var en langare, men det blev snart uppenbart att han fungerade som en parkeringsvakt. Det var ett fantastiskt sätt att sysselsätta arbetslösa! Staden gjorde sig av med parkeringsmätare för att istället låta lokala män sköta parkeringen. Männen fungerade samtidigt som säkerhetsvakter så att man skulle känna sig trygg när man gick på Kapstadens gator. Jag mindes inrotade feluppfattningar om att kriminaliteten var ett stort problem i Sydafrika.

För några sekunder gick mina tankar tillbaka till min långtids arbetslöshet, som hade fått mig att ställa upp som privatdetektiv. Mitt hemland var i ett desperat behov av nya, fräscha idéer för att sköta den svårlösta arbetslösheten. Befolkningen behövde sysselsättning och det hade man tydligen insett i Sydafrika.

Förmodligen somnade jag redan innan mitt huvud vilade på hotellsängens dyna. Mina trötta sinnen saknade varken arbete eller sysselsättning, och tankarna hittade någonstans att försvinna.

*

Lokaltåget hade rullat förbi böljande kullar med vinrankor, och närmade sig den idylliska staden Stellenbosch. Det var en universitetsstad, vars gator kantades av stora lövträd, som sprakade av färger på hösten. Jag hade dock inte rest till staden för dess vackra kafeterior eller engelskinspirerade byggnader, utan för att ta mig till vingården Brusendoorn. En lokal taxi tog mig de sista kilometrarna till vingården.

"Yumba Ngoro?" frågade jag av den anställde, som öppnade besökardörren åt mig.

Den svarta mannen tittade misstroget på mig. Jag var tydligen inte den vanliga besökaren, som kom på vingårdsutflykt. Många kom för att enbart smaka på viner för att därefter åka iväg igen antingen med eller utan en inköpt flaska vin. Men aldrig tidigare hade någon bett att få träffa en av de anställda. Och jag var lite överraskad av att Yumba var en vanlig anställd. Kanske hade jag föreställt mig att han var gårdens ägare, eller att något annat glamoröst väntade på mig i Brusendoorn.

Jag leddes till en annan mörkhyad man, som klippte en buske i trädgården.

"Yumba, du har besök", sade min följeslagare.

"Jonas Österfelt", sade jag åt trädgårdsmästaren på engelska. "Från Finland."

"Ahaa", sade Yumba och tog av sig handskarna. "Jag tror att jag har väntat ditt besök."

"Det var en konstig sak att säga", sade jag förbryllat och såg hur den andra anställda gick tillbaka till utrymmet, där vinsmakningarna utfördes.

"Det är mina instruktioner", sade Yumba lika förbryllat och fäste sina stora ögon i mina. "Och att säga åt dig att åka till Buenos Aires för att träffa Miguel Diaz."

Solskenet bländade mig och jag tog ett stadigt grepp om en trädstam på min högra sida. Jag kände mig tröttare än någonsin. Trots att jag hade sovit väl i hotellrummet föregående natt.

"Något annat?" frågade jag svagt som om jag vore trängd i ett hörn.

"Nej", svarade Yumba. "Tyvärr", tillade han när han såg hur besviken jag såg ut.

"Var så snäll och berätta allt du vet om den här saken."

"Okay", svarade Yumba. "För tio dagar kom en kurir hit med en försändelse som inte gick att spåra. Jag vet inte varifrån försändelsen kom, men naturligtvis öppnade jag den."

"Och den innehöll två brev, som du förväntades lägga omedelbart i posten. Båda breven hade färdigt skrivna adresser och ditt namn och adress som avsändare."

"Alldeles, ena brevet skulle gå till en för mig okänd kines i Shanghai och den andra till en för mig okänd finländare i Helsingfors."

"Hur visste du att jag skulle komma hit?"

"Det fanns ett följebrev i försändelsen. Och 5 stycken färska 100-rands-sedlar, antagligen för att uppmuntra mig att följa försändelsens instruktioner. Enligt dem skulle jag omedelbart skicka de två breven, och vara beredd på att en finländare kommer för att leta efter mig inom de närmaste veckorna. Åt den finländaren skulle jag säga att han skall åka till Buenos Aires för att träffa Miguel Diaz."

"Är det möjligt att jag kunde få se försändelsen och följebrevet?"

"Javisst, jag har dem med mig i min väska", sade Yumba och gick till en tygkasse, som vilade mot ett träd längre bort i trädgården. "Men pengarna har jag redan använt. Det blev en present till min systerson, som fyllde år."

Jag vände på kuvertet och följebrevet utan att hitta något av intresse. Meddelandet var skrivet med blyertspenna och tryckbokstäver utan att skrivstilen såg bekant ut. Det var uppenbart att allt jag skulle få reda på här i Kapstaden, hade redan presenterats åt mig. Allt började kännas som en dålig parodi. Det var dags att ta en ordentlig funderare på vad allt det här betydde. Något var förskräckligt fel och jag flög jorden runt i jakten på diffusa ledtrådar. Det var mera än tydligt att någon höll mig i ett koppel och manipulerade mig någonstans. Men vart? Jag var inte övertygad om att det var till Anna längre.

"Jag åker tillbaka till Kapstaden då", sade jag och tittade en sista gång på Yumba som om han plötsligt skulle befalla mig att le, för att jag befann mig i dolda kameran.

"Ät en ordentlig snoorsnoek i staden. Eller grillad kudu eller struts."

"Vad?"

"Snoorsnoek är barracuda-fisk i currysås. Kudu är antilop. Maträtter som utländska turister älskar att smaka på i Sydafrika."

"Mat är det sista jag tänker på just nu."

"Glöm henne! Senast i Buenos Aires!"

"Henne?"

"Det är tydligt att det är en kvinna inblandad i det här dramat. Och mannens uppgift är att få det brustna hjärtat."

"Tack Yumba", sade jag och undrade om det låg något i hans råd.

Den unge mannen log brett och jag undrade för mig själv om han retade mig eller om han verkligen kände sympati för mig. Jag nickade åt honom och tittade trånande mot en låda med vinflaskor som kunde göra mig på bättre humör.

Jag hade redan bestämt mig för att promenera till Stellenboschs järnvägsstation, för under taxifärden hade jag redan märkt att den var oväntat nära Brusendoorns vingård. En stund senare satt jag på tåget tillbaka till Kapstaden.

Under tågresan till Stellenbosch hade jag lagt märke till att tåget hade vagnar i första och andra klass. Tidigare hade jag valt den billigare andraklass-biljetten, men hade också lagt märke till att förstaklassvagnen var tom. Nu hade jag köpt en förstaklassbiljett för att få vara i lugn och ro. Planen fungerade och jag satt faktiskt ensam i vagnen. Och biljetten hade inte ens varit särskilt mycket dyrare än andraklassbiljetten. Det var fortfarande svårt för mig att slösa pengar på något som var onödigt, såsom bekvämare och dyrare val. Jag hade fortfarande inte förstått att jag hade råd med sådant.

Helst av allt ville jag sluta mina ögon och bara sova. Inte titta på de förbipasserande vinlandskapen eller de sommartorra jordbruksvyerna, som väntade på senhöstens regn. Jag ville glömma bort hur någon manipulerade mig jorden runt i jakten på en försvunnen kvinna. Hur Rajiv Bharat hade manipulerat mig att resa till Indien för att utföra ett detektivuppdrag utan arvode. Hur deprimerad jag höll på att bli av allt.

Tåget ökade farten igen efter ett uppehåll i Eerste River och jag såg sämre ställda hus och ruckel även om de inte var nära de slumområden, townships, som landet var ökänt för. Jag hade i mitt undermedvetna registrerat att någon steg in i min vagn på stationen, och plötsligt stod en man framför mig.

Till min förvåning var det inte konduktören utan en ung, vithyad man i relativt prydliga kläder. Han såg bister ut och hade en kniv i sin hand.

”Jag ger dig ett utmärkt erbjudande”, sade han så fort han märkte på min oroade min att jag förstod situationens allvar. ”Ge mig alla sedlar i din plånbok, så får du behålla ditt kreditkort och alla dina ägodelar. I gengäld är du lugn och tyst ända tills vi kommer till nästa station.”

Då jag tvekade, satte han sig bredvid mig, men fortfarande med kniven väl framme för att påminna mig om att jag hade ett viktigt beslut att göra.

”Att makulera kreditkortet och att samla ihop alla försäkringsbevis och medlemskort och fotografier kommer att ta dig evigheter, och besväret kommer att ruinera din reseupplevelse. Inget av det behöver ske om jag inte tar hela din plånbok. Så ge mig sedlarna nu på momangen.”

Den unge mannen var övertygande. Eller snarare hans kniv var det. Och jag visste att det inte var en förmögenhet som jag bar på i plånboken. Surmulet räckte jag honom sedlarna och visade demonstrativt att inga sedlar fanns kvar i plånboken. Mannen tackade, men satt kvar bredvid mig tills tåget stannade in vid en station med skylten Melton Rose.

Trots att tåget hade stannat in, rörde mannen inte på sig. Jag började bli orolig för att jag inte skulle bli av med honom på ett tag. Kanske han till och med skulle bli girig och kräva mera? Rånaren hade dock vanan inne och visste precis när han skulle reagera. I sista stund steg han upp, gick till dörren och öppnade den med en knapp. Han försvann ut på perrongen innan jag hann reagera och dörren stängdes igen. Tåget rullade vidare innan jag hann göra någonting för att få fast gentlemannarånaren.

Efter en stund började chocken krypa över mig. Ensam i vagnen igen började jag snyfta. Vilken usel privatdetektiv jag var! Här reste jag utomlands för att reda ut brott och så ställde jag mig själv på ett silverfat för nya brott. Jag skämdes och ville bara försvinna.

Vad gjorde jag egentligen här? I det avlägsna Sydafrika? Allt började kännas absurt. Ett sorts raseri började bubbla upp inom mig. Jag ville bort härifrån. Jag ville tillbaka till Finland, där våren började grönska och där ingen rånade passagerare på tåget. Nu fick det vara nog. Även om jag inte hade förlorat en särskilt stor förmögenhet, sved min självkänsla desto mera. Några sedlar fattigare än tidigare bestämde jag mig för att inte resa till Buenos Aires.

Någon ville hålla mig borta från Finland och det var dags att utmana alla instruktioner som försökte få mig att resa omkring i världen. Det var dags att återvända till Finland. Landet, där mitt hem existerade.

KAPITEL 7

Fredag

Pappas gamla bil fungerade som min trotjänare och den transporterade mig tryggt förbi Pickala gård i Kyrkslätt. Det bekanta vägnumret 51 förde mig allt närmare min barndoms bygder och jag hade känt ett ovanligt lugn skölja över mig så fort jag hade lämnat Helsingfors ringvägar och motorvägsfiler. Långt framöver fanns Hangö och Raseborg, men främst av allt Pojo, kyrkobyn med Fiskars bruk, där jag hade växt upp som liten. Det var dock inte dit jag var på väg, utan till Ingå.

Skärgårdskommunen badade i vårens ljus och solsken, men det var den ljusgröna grönskan som bländade mig mest. Eller var det optimismen? Efter det galna företaget att åka nästan jorden runt, kändes det som om jag äntligen gjorde rätt. Jag letade efter Anna Tschäder i hennes hemtrakter.

Något sade mig att hon fanns på holmen. Hos sin mormor. Jag hade väntat alltför länge med att åka dit men nu skulle det ske. Och jag tänkte inte varna kvinnorna på förhand. Jag skulle överraska dem och kräva en förklaring av Anna. För första gången på länge hade jag min tillvaro i mina egna händer utan att någon skickade mig till avlägsna länder. Jag kände mig pånyttfödd, lämpligt i vårgrönskan.

Så fort jag hade anlänt tillbaka till Finland, hade jag försökt ringa Anna igen. Utan att få något svar. Hon hade inte svarat under min korta mellanlandning i London heller. Loggen på hennes sociala konto avslöjade att hon inte hade besökt det medan jag hade varit borta. Hon hade antingen gått under jorden helt och hållet, eller också höll någon henne fången utan tillgång till kommunikationsmedel.

Jag hade bestämt mig för att lämna rånet i Kapstaden bakom mig. Jag skulle inte tänka på det längre. Den finansiella förlusten var inte lika stor som slaget mot min självkänsla. Jag kunde bara hoppas att pengarna gick till ett gott ändamål och inte bara till någon narkotikaslav. Kanske jag en dag skulle vänja mig vid tanken att någon hade viftat med en kniv i min omedelbara närhet.

Strax efter att jag hade kört förbi Degerby och tagit avtaget till Innanbäcksvägen, körde jag till vägrenen och lade blinken på. En plötslig slummer hade alarmerat mig och det var dags att samla krafter för resten av resan. Jag slöt ögonen och försökte vila. Min sömnlöshet hade blivit allt värre och påsarna under mina ögon verkade tynga huvudet ner mot halsen. Trots att Sydafrika befann sig i samma tidszon som Finland, hade resan varit uttröttande. Jag hade inte lyckats sova på planet och det hade inte blivit bättre hemma i Vallgård. Jag undrade om jag någonsin skulle få sova ut ordentligt igen. Med eller utan Anna vid min sida.

Jag steg ut ur bilen och andades lungorna fulla med frisk vårluft. En skön, torr värme smekte mina kinder, men ändå kände jag något svalt och friskt här på landet. Det skulle säkert vara ännu mera påtagligt närmare skärgården. Det var en fantastisk tanke att för bara några dagar sedan hade jag haft svårt att andas i fjärran länder såsom Kina och Indien.

En sädesärla trippade på asfalten. Bortom diket med det torra gräset från föregående år såg jag små groddar på en enorm åker. Ovanför dök en lärka nedåt ackompanjerad med den typiska fågelsång som jag inte hade hört sedan jag var liten. Hade jag under mina år i staden blivit så avvärjd från lantlivet att jag inte ens mindes naturens mångfald längre? Hade jag glömt hur bofinken lät och hur trädkryparna letade efter larver längs trädstammarna? Fågelsången lät överväldigande jämfört med det som Helsingfors stads gråsparvar och fiskmåsar erbjöd. De enda fågelläten utöver det normala kunde vara en enstaka koltrasts kvällssång i parken nära mitt hem vid Pauluskyrkan i Vallgård.

Hade jag glömt hur vitklövern utvecklades som foderväxter på åkrarna? Hur potatisfälten så här års låg under fiberdukar för att avvärja nattfrost? Hade jag någonsin lagt märke till hur vildhallonens bladknoppar såg ut på dess nya grenar, bland alla de torra, vassa kvistarna? När jag tittade närmare på det torra gräset i diket, såg jag att tussilagorna hade blommat ut, och istället kämpade början till lupiner ut från den mjuka marken. Smultronblad lovade att vägrenen skulle innehålla rikligt med röda, dammiga bär senare under sommaren. Längre bort låg en åker i träda och den var fylld med blommande gula maskrosor.

En bit bakom en lund med blommande hägg såg jag betande kor och jag önskade att jag hade fått se dem stiga ut i den friska vårluften för första gången efter en lång vinter inne i ladugården. De hade säkert varit smågalna av iver över våren, då de äntligen hade släppts ut. Allt gräs såg överväldigande grönt och fräscht ut, då det hade fått växa tillräckligt högt för att ge tillräckligt med föda och näring åt de vårsugna korna.

Även om väg 51 inte var särskilt långt borta kunde inget oljud förstöra den härligt lugna, vårliga stämningen. Trots det var det dags att fortsätta färden. Mina instinkter sade att jag skulle få allt större vårliga upplevelser ännu så fort jag närmade mig Barösund och skärgården. Jag hade fortfarande en överraskande lång körning framför mig. Jag visste att vägen till Fagervik och Barösund var lång och krokig.

Innanbäcksvägens namn byttes till Storkyrkovägen och snart var jag inne i Ingå centrum. Vid kyrkan och dess gravgård beslöt jag mig för att göra en liten avstickare till Ingå hamn och där var full rulle. Småbåtar boxerades ut från sina vinterparkeringar till vattnet och båtarnas ivriga ägare ville ut till sina skärgårdsstugor med alla de vårliga bestyr som väntade där. Under en tidigare utflykt hade jag förundrat mig över hur dominerande hamnen var i lilla Ingås centrumbild. Jag försvarade dock min ställning med att jag själv hade kommit från inlandet i Pojo och visste ingenting om skärgårdens särbehov.

Än en gång körde jag förbi Ingå kyrkas gravgårdsmurar och fortsatte längs Grönkullavägen mot Fagervik. Det gamla bruket låg verkligen avsides och jag mindes hur kurvig vägen hade varit när jag en gång hade åkt till Fagervik för att fira midsommar i mina senare tonår. Jag mindes också hur hemtrevligt bruket hade känts, då jag själv kom från ett liknande bruk, Fiskars. Den här gången skulle jag dock inte stanna för att smaka på bruksidyllen, men jag skulle nog återkomma en annan gång. Förhoppningsvis med Anna. För hennes vänner Bettina och Sebastian Pirinen bodde där.

Strax innan Fagerviks bruk vek jag av mot söder och fortsatte längs Barösundsvägen. Jag visste att jag inte skulle fortsätta ända till Barösund, där de flesta ägare till skärgårdsstugor hade sina båtar. Jag skulle vika av innan dess för att komma till Annas mormors holme, och det var dags att starta navigatorn för att jag skulle hitta rätt. Innan jag hade åkt från Helsingfors, hade jag matat in i apparaten namnet på den lilla småbåtshamn varifrån man skulle komma till Kvigholmen. Den lilla ö, som Anna alltid hänvisade till som "holmen".

Strax innan broarna till Syndesholm och Barölandet befallde navigatorn mig att vika av åt höger och så befann jag mig på en liten väg mot Majdal. Navigatorn avslöjade att längre fram befann sig en lite större by, som hette Båsa. Jag skulle dock inte ända dit, utan köra längs Kuggviken som utvecklades till den större Båtdragsviken. Den igen blev den ännu större Korsfjärden, som var en avsevärd del av Finska viken. Men när jag körde längs Båtdragsviken, berättade navigatorn plötsligt att jag var framme. Jag var någonstans mycket nära gränsen till Snappertuna, eller Raseborgs stad, som allt väster om Ingå kallades för nuförtiden. Ända tills man kom till Hangö stad.

Det såg faktiskt ut som om navigatorn hade lett mig till rätt ställe. På några träställningar hade någon lämnat nytvättade trasmattor att torka. De droppade fortfarande och luften doftade tallsåpa, men inget vatten såg ut att rinna ut i skärgårdens vatten. Allt såg välorganiserat ut. En medelålders man och en kvinna nickade åt mig, när jag parkerade min bil vid deras. De såg ut att ta en liten paus i tvättandet av sina mattor. Längre bort såg jag en brygga med några motorbåtar och roddbåtar. Och det glittrande havsvattnet, som bländade mina ovana ögon. Trots att jag bodde rätt nära havet i Helsingfors.

Mina ögon letade efter min destination. Anna hade beskrivit Kvigholmen som den lilla ö, som stod upp från vattnet några hundra meter rakt framför fastlandets brygga. Och där var den. Men till min förvåning var Kvigholmen mycket större än jag hade föreställt mig. Den bredde omfattande ut sig och dess strand kantades av tjocka blandträd och buskage. Man kunde inte se in i ön, och inga hus skymtade mellan trädstammarna. I själva verket kunde jag inte ens se vart man skulle ankra om man ville besöka Kvigholmen. Alla båtfarare som ville komma till bryggan här på fastlandet, måste dock åka rätt nära holmen från båda håll. Några sjömärken berättade hur nära man kunde åka Kvigholmen utan att köra på grund.

Samtidigt insåg jag hur dåligt jag hade organiserat mitt besök hos Annas mormor. Jag hade velat ta dem på bar gärning tillsammans på holmen utan att berätta om mitt besök på förhand. Men i praktiken visade det sig vara omöjligt. Hur skulle jag komma till holmen utan båt? Min första tanke var att simma, även om vårvärmen knappast hade värmt upp havsvattnet tillräckligt mycket ännu. Och hur skulle jag se ut när jag dök upp på holmen, iklädd endast mina våta kalsonger? Och om min enda orsak var att jag letade efter den försvunna Anna, skulle mitt ärende nog verka rätt påträngande. Och hysteriskt. Och jag skulle se ut som en obalanserad inkräktare. Likt Yu Chen för länge sedan.

Mattvättarna kom till min hjälp. Mannen frågade om jag var på väg till Kvigholmen.

"Ja, jag skall besöka Tschäders", sade jag för att bekräfta åt mannen att jag kände holmens invånare och att jag inte var någon inkräktare.

"Om gumman väntar besök, brukar hon ro hit sin reservbåt", sade kvinnan fundersamt.

"Jag är hennes dotterdotters pojkvän", sade jag för att lugna deras misstankar. "Anna Tschäders pojkvän. Jonas Österfelt."

"Allt är säkert i sin ordning då", sade mannen. "Jag kan ro dig över dit. Min roddbåt är här vid bryggan. Vi väntar på att det mesta blötvattnet droppar ut ur mattorna och det kan ta en liten stund."

Jag tittade igen mot mattställningen. Den stod upp från marken, som var fylld med blåblommande förgätmigej. Bland växterna hade några större stjälkar redan börjat växa upp och jag kände igen dem som kommande prästkragar. Mannens hustru lade handen över sina ögonbryn och kikade mot holmen. Hon sade:

"Jag ser att gumman har sina båda roddbåtar uppdragna på holmen. Det är tänkt att den ena skall vara på holmen och den andra fäst här vid fastlandet, men det blir ibland felberäkningar. Hon kan säkert ro dig tillbaka sedan när ditt besök är över."

"Då behöver ni absolut inte vänta på mig efter att ni har rott mig över", sade jag välvilligt.

"Även om man gärna kunde sitta här i vårsolen hur länge som helst", sade kvinnan belåtet.

En stund senare rodde mannen mig över till Kvigholmen med vana, kraftiga tag. Jag tog av mig min skjorta och lät den varma vinden smeka min bara rygg.

"Hon är verkligen gammal", sade mannen och hänvisade tydligen till Annas mormor.

"Jag vet", sade jag. "Det var ett hårt slag för henne att hon tillbringade största delen av förra sommaren på sjukhuset. Sommaren är ju trots allt den efterlängtade årstiden även i skärgården."

"Det stämmer nog det. Kanske det här blir hennes sista sommar här. Jag undrar vad som kommer att ske med Kvigholmen efter det."

Mannen tittade på mig som om jag hade svaret på det. Frågan skulle nog bli aktuell inom de närmaste åren. Det var jag övertygad om. Anna hade en gång sagt att hon absolut inte ville bli fast bosatt på ön längre.

"Hon börjar bli lite åderförkalkad, tror jag", sade mannen. "Om hon har glömt ditt besök är det ett av många tecken. Under de senaste åren har hon högljutt kritiserat de hårda fastighetsskatterna här i skärgården. Skatterna blir oskäligt höga om man har många kvadratmeter strandtomter här. Hon har nog rätt i sin kritik, men det har blivit lite väl hårda ordval ibland."

Vi närmade oss en del av stranden, där det var en liten öppning i vassen. Där skymtade redan Tschäders två roddbåtar. Jag hoppade upp på land och skuffade min båtchufförs farkost tillbaka mot fastlandet med ett stort tack. Den vänliga mannen ropade tillbaka:

"Om det blir en liknande situation, får du gärna låna min roddbåt för några minuter till Kvigholmen. Även om jag inte är på plats."

Jag lyfte handen som ännu ett tack och vände om mig. En stig ledde in mot holmens innersta. Jag såg fortfarande inget hus, men nog rikligt med tätt växande buskar. Fåglars tjatter hördes från alla håll och det kändes som om jag var en inkräktare i ett naturreservat.

I själva verket kändes det som i de där krigsfilmerna när hjältarnas truppförband ror till en öde ö, där de vet att fienden finns. När soldaterna försiktigt rör sig genom djungeln mot fiendenästet i öns inre, märker de fortfarande inte att tiotals vapen redan är riktade mot dem...

*

De minimala vågorna kluckade mot strandvegetationen utan att den halvvuxna vassen svajade. Jag undrade om någon gravand, grågås eller vigg redan ruvade på sina ägg i vassen. Eller trivdes havsfåglarna längre ut i den yttre skärgården? Jag visste inte särskilt mycket om dem, annat än att jag hade hört namnen på fågelarter såsom ejdrar, storskarvar, strandskator, tärnor och strandpipare. Men om en knölsvan simmade förbi mig skulle jag nog känna igen den. Och skrattmåsar, fiskmåsar och havstrutar hade jag sett knipa godbitar av intet ont anande turister på Salutorget i Helsingfors.

Stigen förde mig allt djupare bland Kvigholmens vegetation. Jag hade alltid föreställt mig holmen som ett skär med en stuga, några vindbitna tallar och släta klipphällar. Och där skulle mormor Tschäder sitta i ett ruckel likt Stormskärs Maja. Det här var något helt annat. Massor med olika, fullväxta träd och en mångfald av växter och ljud. Skogen var i desperat behov av gallring och jag såg många murkna stammar ligga huller om buller djupare in i skogen. En hackspett knackade entusiastiskt mot en av dessa murkna stammar. Jag hade svårt att förstå att allt detta tillhörde familjen Tschäder. Delade de inte Kvigholmen med någon annan?

Stigen var smal och den avslöjade inte om den användes ofta eller sällan. Någon spänning började fladdra i min mage. Skulle jag snart få se Anna? Skulle hennes försvinnande få en förklaring? Skulle hon berätta varför jag hade rest till både Asien och Afrika för att sedan leta efter henne här i Ingå? Eller var sanningen någon helt annan? Hade hon faktiskt blivit kidnappad och befann hon sig någonstans, dit jag ännu inte hade hittat några ledtrådar?

Plötsligt stod jag vid en skogsglänta och kippade efter andan. Framför mig bredde en öppning, stor som en fotbollsplan och den kantades av mörk skog likt den jag nyss hade promenerat genom. Gläntan var som ett mikroklimat, utan någon som helst tecken på att havet befann sig bara några tiotals meter bakom den skog som syntes vart jag än blickade. Det kändes fantastiskt att jag befann mig på en holme mitt i skärgården, men ändå bland skog och åker. Eller rättare sagt före detta åker.

Vita fjärilar fladdrade över fältet så att de såg ut som stora snöflingor. Jag rös inom mig för jag mindes fortfarande snöhögarna vid Lillböle går i Pojo. De som nästan hade kylt ned mig för all framtid ett år tidigare.

Det var tydligt att på den stora skogsgläntan hade man främst odlat foderväxter åt husdjur. Kor eller lamm, Annas mormor skulle säkert bekräfta vilkendera. Vid ena skogskanten stod ett rödmålat hus i två våningar och en bit från det såg jag en annan byggnad, som var i betydligt sämre skick. Vid det rödmålade huset fanns ett trädgårdsland täckt med vit fiberduk. Annas mormor litade tydligen fortfarande inte på att vintern ännu hade gett helt och hållet vika.

Något avslöjade att allt hade varit välskött ännu för ett eller två år sedan, men att allt höll på att snabbt förfalla. Det stod klart för mig att orsaken var de försvunna husdjuren. Kor och lamm borde redan beta på den grönskande marken, men de fanns inte. Jag insåg att Annas mormor hade varit tvungen att ordna djuren någonstans förra sommaren, då hon varit sängliggande i staden. Djuren hade lånats till någon grannes marker och antagligen var de fortfarande där. Mormoderns sjuka ben speglade fortfarande Kvigholmens tillvaro, ett år senare. Djuren skulle knappast återvända till holmen. Någonsin.

"Nämen, Jonas Österfelt!" hördes den skröpliga rösten från den rödmålade stugan.

Annas mormor Gerda gick mot mig med rask fart och jag förundrade mig över hur väl det brutna benet hade läkts under årets lopp. Jag försökte kika mot stugan ifall en gardin fladdrade där. Ifall Gerdas utrop hade varnat Anna att gömma sig.

"Hur i världen?" sade den gamla tanten med en frågande min, medan hon varmt kramade om mina händer. "Jag väntade inte alls besök idag. Jag kan bara bjuda på det som naturen bjuder på."

"Det är alldeles bra så. Jag beklagar att jag kommer objuden, men jag fick ett plötsligt uppdrag som förde vägarna här förbi."

Den vita lögnen var inte helt falsk. Mitt uppdrag var faktiskt för tillfället att hitta Anna. Vare sig hon ville det eller inte.

"Och inte bara vägarna", sade Gerda torrt. "Även vattenlederna."

"Någon av dina grannar rodde mig över hit till Kvigholmen."

"Ja, det är här som kvigorna och de andra korna i tiderna betade", sade Gerda och pekade mot den stora gläntans vildvuxna gräsmattor. "Under de senaste årtiondena har jag haft enbart får. Men förra sommaren blev även de sedan forslade till Ytterboms på fastlandet, när jag inte kunde ta hand om dem längre. Du kan säkert förstå vilket bestyr det var att få dem på en båt som förde dem härifrån. De kommer nog aldrig mera tillbaka."

"Räckte foderväxterna åt alla djur?" frågade jag misstroget.

"Jag har haft ett tiotal får och lamm. Tre hektar räcker bra åt dem."

"Hela förra sommaren gick tydligen till spillo", sade jag medan vi långsamt gick mot stugan.

"Det stämmer. Ingen fårmjölk och ingen ull. Odlingarna blev förstörda när ingen skötte dem. Om vi hade levt för hundra år sedan, hade situationen varit en katastrof och jag hade svultit ihjäl utan ett ordentligt matförråd."

"Hur har du klarat dig över vintern?"

"Det var tur i oturen. Något hände som inte har hänt på tio år."

"Viken frös och isen bar", sade jag när jag mindes den ovanligt kalla föregående vintern.

"För första gången kunde jag göra massvis med inköp i butiksbussen och forsla inköpen över isen med pulka."

Jag föreställde mig krutgumman dra mat för flera månader över den vindpinade isen. Något som hon annars inte hade behövt göra, eftersom hon annars förvarade odlade råvaror från föregående säsong i den jordkällare, som jag såg vid skogsranden.

"Men nu odlar du inför nästa vinter, ser jag." Min blick svepte över det omfattande trädgårdslandet.

"Absolut", sade Gerda stolt och rätade på sin krokiga rygg. "Det skall bli skönt med en ordentlig skärgårdssommar efter katastrofen förra året. Här har jag morötter, rädisor och svartrot på kommande. I juni kommer jag att så rödbetor, bönor och sockerärter. Under fiberduken har jag naturligtvis potatis, men också sallad och persilja. Och i farstun väntar små skott till timjan, libsticka och dragon, som åker ut i trädgårdslandet så fort det blir tillräckligt varmt."

"Jag antar att du torkar örterna inför vintern."

"Absolut. Och jordkällaren är effektiv. Under alla dessa år har jag inte behövt kasta något ur min skörd för att de skulle ha gått till spillo under vintern. Jag äter allt, och här i mikroklimatet växer allt ovanligt bra."

"Jorden är bördig även om vi befinner oss på en karg skärgårdsö?"

"Ja, det stämmer. Bladträden har vuxit här i århundraden och löven har gödslat jorden. Då jordmånen går rätt djupt innan klipporna kommer emot, så betyder det att vi har en rätt bördig jord här. Trots att grannöarna är torra och fulla med sura barr."

"Fantastiskt", erkände jag och tittade mot stugan. Det var där som föremålet för mitt intresse kunde finnas.

"Stig in", sade Gerda och steg själv in i farstun. "Är Anna fortfarande försvunnen?"

Hennes ord kändes som ett spjut rakt in i min kropp. Vad betydde detta? Jag hade varit övertygad om att Anna skulle befinna sig här på Kvigholmen.

"Ja", sade jag kort och tittade omkring mig. "Jag har inte hört av henne på över en vecka, hon svarar inte på mina uppringningar och inte heller på sina virtuella konton i sociala medier. Borde det inte vara dags att bli orolig snart?"

Någonting i tamburen påminde mig om Anna. Men jag såg inte hennes jacka eller skor eller något som visade på att Gerdas dotterdotter var på besök där. Kanske det var doften? Ja, det var tamburens doft som påminde mig om Anna. Jag såg att några hopflätade, torkade lökar hängde från en spik vid väggen. En massa andra spikar visade på att många flätor hade hängts upp efter skördetiden förra året, men att de flesta av lökarna hade ätits upp under vintern. Om lökdoften var så här intensiv ännu under våren, hur kraftig hade den varit under hösten? Tydligen hade årtionden av torkad lök fått doften att permanent stanna i Anna, och att hennes kroppsdoft faktiskt påminde lite om lök.

Gerdas blick följde min spanande blick mot ett kök och ett sovrum som samtidigt fungerade som ett vardagsrum. Gerdas singelsäng stod bäddad mot ena väggen. En badrumsdörr stod öppen på vid gavel och avslöjade ett litet utrymme med bänkar och plastfat. Jag antog att ett utedass fanns någonstans vid skogsbrynet.

”Som sagt, själv skulle jag inte vara orolig, eftersom Anna brukar rymma eller isolera sig under flera dagar”, svarade Gerda. ”Men din oro börjar nog smitta av sig. Har du några förslag?”

”Om mitt besök här inte för med sig någon ny ledtråd, får jag nog fundera på att larma polisen.”

”Det var ytterst pinsamt att vi hade kopplat in polisen när Anna hittades välbehållen efter att hon hade rymt som barn.”

”Det är nog bättre än om hon har råkat illa ut och ingen gör något för att hjälpa henne.”

”Kanske det”, svarade Gerda. ”Vill du ha nässelplättar? Nässlorna är härliga så här års. Och jag har sylt på skogshallon till.”

”Nej tack”, sade jag irriterat. Jag mindes fortfarande de nässlor som hade varit avgörande i en mordgåta som jag hade rett ut för snart två år sedan i Somero. Och jag visste inte om den pirrande känslan i min mage hade att göra med min Delhi-belly, som redan började vara bättre, eller om jag helt enkelt var hungrig.

"Kanske lite hembakade scones? Jag har gjort en pesto på kirskål, riven ost, rapsolja och valnötter, och den brukar vara god på nybakat bröd."

Det lät så gott att jag inte kunde motstå frestelsen, så jag tackade ja. Även om jag hade bestämt mig för att inte äta hos Gerda. Jag visste hur utmanande det var att laga mat på ön, och hur svårt det var att forsla råvaror dit. Gerda gick till köket och jag tittade omkring mig som om jag fortfarande hoppades på att hitta ett gömställe, där Anna höll sig undan. När jag inte såg något tecken på att Gerda hade sällskap i stugan, fortsatte min blick uppåt. Längs trappan till övre våningen.

"Var det här som Annas mamma föll nedför trapporna?" frågade jag försiktigt.

Gerda svarade inte, utan kom fram till mig som för att se vad det var jag menade. Även hennes blick seglade uppför de dammiga trapporna som om hon försökte erinra sig minnesbilder av de förskräckliga händelserna 30 år tidigare. Eller försökte hon låta bli att minnas?

"Det är länge sedan", svarade den gamla kvinnan kort. "Hur mycket har Anna egentligen berättat om min dotters död?"

"Anna och jag råkade i en farosituation för ett år sedan. Den skötare som Anna hade beskyllt för sin mammas död för 30 år sedan var delansvarig för det vi råkade ut för."

"Den där vänliga skötarpojken, som kom hit med motorbåt den där förskräckliga kvällen?"

"Ja, faktiskt. Han blev aldrig anklagad för att ha skött din dotter illa, men lilla Annas anklagelser hade följt honom under alla dessa år."

"Jag förstår ändå inte", sade Gerda olyckligt. "Min dotters fall i trappan var en olyckshändelse. Skötaren hade inte kunnat hindra fallet och hon var i så dåligt skick att han omöjligt kunde ha hjälpt henne till livet igen."

"Jag vet det, Anna vet det och den där skötaren visste det också innerst inne. Men det här är bara ett exempel på att vi kan ha fiender som vi inte vet om. Anna kan vara i fara och vi får inte ignorera den risken."

"Är skötaren fortfarande på fri fot?" frågade Gerda oroligt.

"Nej, han sitter i fängelse. Men Gerda, får jag gå upp till andra våningen för att kolla hur det ser ut där?"

"Naturligtvis. Gå dit bara. Det fungerar bara som ett dammigt vindsutrymme nuförtiden. När Anna fortfarande bodde här hos mig på holmen, var hennes rum där uppe. Men jag har inte ens sparat hennes saker där."

Långsamt gick jag uppför trapporna och försökte låta bli att inbilla mig en kvinna dunsa nedför, ett trappsteg i taget, ända tills hon blev liggande vid trappans fot i en halsbrytande ställning. Gerda försvann till köket igen och jag kände hur en stark mynta-doft började sprida sig från första våningen. Tydligen hade Gerda lyckats torka några kvastar med mynta föregående sommar trots hennes benbrott. På samma sätt som hon hade torkat löken.

Andra våningen var verkligen dammig och jag kikade in i det rum som tydligen varit Annas barnkammare i tiderna. Några solblekta leksaker stod uppradade vid fönstret och jag såg flera fuktskadade affischer som var fästa mot väggen. Rummet fungerade främst som ett förråd för gamla möbler och det fanns inga tecken på att någon hade besökt rummet på en lång tid.

Jag tittade ut genom fönstret mot den igenvuxna åkern, som fortfarande kantades av ett staket för husdjuren. Även om det inte behövde hålla lammen i schack längre. Jag såg den fallfärdiga ladan och beslöt mig för att kolla den också innan jag åkte från holmen. Några trastar tjattrade rakt nedanför fönstret och jag såg att krusbärsbuskar och vinbärsbuskar växte i prydliga rader. Buskarna hade små, ljusgröna knoppar och raderna fyllde mitt blickfång ända fram till skogsbrynet. Där stod också långa rader med brännved, som torkade i vårsolen. Jag kunde se inom mig hur den gamla tanten högg ved likt vilken ung man som helst.

En bit från stugan såg jag också en brunn och förstod att utan den skulle tillgången till dricksvatten var ytterst utmanande på ön. Hur djupt hade de fått borra innan de hade nått sötvattnet? Bredvid brunnen stod en liten generator som en sorts livräddare ifall elektricitet mot förmodan behövdes. Jag hade inte sett någon elektrisk apparat eller några lampor i vardagsrummet eller köket, så antagligen hade Gerda klarat sig utan el. Åtminstone tills mobiltelefonernas tid hade kommit. Efter det blev hon nog tvungen att ladda sin mobiltelefon åtminstone en gång i veckan.

Tillbaka nere i första våningen såg jag en stor vedeldad ugn sprida värme i stugan. Trots att dagen var varm, var vårnätterna fortfarande svala. Gerda höll just på att lägga in en plåt med nya semlor att gräddas i ugnen. På bordet väntade en korg med semlor och en glasburk med den pesto på naturörter, som hon hade lovat mig. Peston såg ut att smälta in i de varma sconesen och smaken var obeskrivligt god.

"Hur har du råd med allt detta?" frågade jag med munnen full av bröd. "Jag menar holmen. Anna har aldrig berättat hur ägorätten är fördelad här."

"Jasså, hon har inte berättat", sade Gerda tankfullt. "Nåväl, det är säkert okay att jag berättar. För det är en fantastisk historia."

"Det låter intressant."

"Familjen Tschäder har faktiskt bott här på Kvigholmen i århundraden. De var arrendatorer och dagsverkare i tur och ordning, medan öns ägorätt tillhörde någon avlägsen släkting till Fagerviks bruksägare. Jag har bott här i hela mitt vuxna liv efter att jag flyttade hit till min make, men mera har skett under min tid än under de tidigare århundradena tillsammans."

"Så du gifte in dig hit till ön?"

"Ja, och min make dog som en ung man. Kvar blev endast jag och min dotter. Och den tredje damen på Kvigholmen föddes av min dotter och hon fick namnet Anna. Min dotter berättade aldrig vem som var far till Anna."

"Under mina diskussioner med Anna har det framgått att hon har accepterat sin far som okänd. Om hennes mamma visste namnet på fadern, gick den informationen i graven."

"Även i kyrkböckerna antecknades fadern som okänd", fortsatte Gerda. "Men vi går vidare. Anna var ett år när det fantastiska skedde. Min dotter vann en massa pengar på ett lotteri. Och hon bestämde sig för att använda pengarna på holmen. Hon köpte hela holmen och beslöt sig för att bygga huset. En stor del av pengarna gick till de affärerna. Det var en hektisk tid."

"Pengar", mumlade jag och tänkte på mina tidigare detektivuppdrag. "Om något händer, kan man nästan alltid spåra motivet till pengar."

Kunde en sagolik lotterivinst för flera årtionden sedan vara orsaken till att Anna nu hade försvunnit?

"Och så skedde olyckan", sade Gerda med en olycklig röst. "Den förskräckliga olyckan som ledde till min dotters död."

"Vänta", sade jag. "När Annas mamma dog, blev hennes dotter ensam arvtagare. Betyder det att Anna äger allt detta?"

"Det stämmer. Jag var Annas förmyndare tills hon blev fullvuxen. Anna har aldrig varit särskilt ivrig med pengar, så hon såg aldrig något behov att sälja holmen. Så jag har fått bo här som om holmen vore min. Men jag är nog övertygad om att Anna kommer att sälja ön så fort jag är död. Anna har sagt att hon inte kommer att bosätta sig här. I själva verket vill hon bo i staden. Och det är helt okay. Man skall inte göra något mot sin egen vilja bara för att generationer i århundraden har gjort något enligt ett visst mönster."

"Finns det någon som vill komma åt ön?" frågade jag tankfullt. "Någon som kanske vill påverka dig eller Anna?"

"Ingen som jag vet om."

"Holmens värde har säkert stigit astronomiskt under dessa 30 år. Den kan spjälkas upp i åtminstone tio stora strandtomter med stugor. Det betyder en förmögenhet, när ön väl säljs."

"Jag vet. Redan fastighetsskatten är enorm. Den räknas utgående från holmens areal och byggytan på våra byggnader. Snart blir vi tvungna att sälja bara för att klara av skatterna."

"Kanske det blev lite kvar av lotterivinsten efter att ni hade byggt huset?"

"Jovisst, men byggandet kostade en hel del. Min dotter blev tvungen att betala höga arvoden åt byggmästarna samt för specialtransporter så att det överhuvudtaget skulle vara möjligt att bygga här på en holme."

"Det är alltid lika svårt att förstå hur mycket mera utmanande alla sysslor är här ute på en ö", erkände jag och tittade mot ladugården. Jag antog att det var det gamla bostadshuset.

"Det var inte helt simpelt att ordna skolgången åt Anna heller", påpekade Gerda och tog en ordentlig klunk av sitt mintte.

"Själv åkte jag skoltaxi från Fiskars till Pojo lågstadium som liten", sade jag.

"Jag rodde henne under morgonen till bryggan på andra sidan sundet och därifrån promenerade Anna till Barösundsvägen, varifrån skoltaxin hämtade henne. Och samma arrangemang på eftermiddagen."

"Hur ordnades det på vintern?" frågade jag.

"Jag rodde så länge sundet hölls öppet. Om det blev en smällkall vinter med sådan is som bar oss, fick Anna gå till Barösundsvägen och jag hade ledigt. Men när det var svag is som gjorde att man inte kunde varken ro eller gå, fick Anna stanna hemma. Vi skötte skolgången med hjälp av böcker och läxor."

"Det är nog tydligt att hon klarade skolan väl även om hon inte kunde vara närvarande hela tiden."

"Ja, hon flyttade snart bort och började läsa till sjuksköterska. Men trots att hon fick sin examen och sin kompetens, valde hon att bli en receptionist. Vilket slöseri! Om det är du Jonas som har lyckats påverka henne att fortsätta med sin fördjupande utbildning i specialvård, så tackar jag dig. Anna kommer nog att hitta sin plats nu, det är jag övertygad om."

"Förutsatt att hon inte är i någon fara förstås", påpekade jag, fortfarande lite trevande.

"Vad kommer att ske härnäst?" frågade mormor Gerda med blicken fäst i mig. "Jag menar, du kan väl inte fortsätta söka efter henne hur länge som helst?"

"Jag frågar dig, hur länge skulle du vänta innan du anmälde henne som försvunnen?"

"Jag skulle nog vänta några dagar ännu. Det blir så omständligt när polisen blir inkopplad. De nosade omkring här i flera dagar, när min dotter dog, och de gnällde hela tiden över hur svårt det är att komma hit till ön."

"Det är inget problem för mig att bli lämnad", sade jag olyckligt. "Jag vill bara veta att inget har hänt henne."

"Jag tror inte att hon skulle ha lämnat dig för att det skulle vara något fel på dig, unge man. Hon är bara lite kufisk. Precis som jag. Du måste förstå oss, eftersom vi var isolerade här på ön. Det var det ställe, där klanen Tschäder i århundraden valde att försvinna från omvärlden."

"Jag tror att det börjar vara dags för mig att försvinna nu", sade jag och tittade på klockan. Den var inte mera än mitt på dagen, men jag ville inte störa den gamla tanten längre. Maj var den livligaste tiden på året, då alla odlingar skulle ställas i ordning inför sommarsäsongen.

När vi gick förbi den fallfärdiga byggnaden, bad jag om tillstånd att få titta in. Utan att säga det åt Gerda, ville jag försäkra mig om att Anna inte satt där och ruvade. Och mycket riktigt. Den ödelagda ladugården hade fortfarande gammal halm på golvet från förra våren, då det fortfarande hade funnits lamm i byggnaden. Och årtionden innan dess hade där funnits kor och kvigor. Några redskap hängde på väggarna, men annars fanns det inget anmärkningsvärt där. Vid ena gaveln hade Gerda skyfflat en hög med fårgödsel, som säkert skulle spridas över trädgårdslandet.

"Jag ror dig över till fastlandsbryggan", sade Gerda. "Men innan dess vill jag visa dig min favoritplats."

Tanten gick ivrigt framför mig mot samma plats varifrån jag hade kommit, den glänta i vassen där hennes två roddbåtar väntade. Vid skogsbrynet delade stigen dock på sig och vi gick åt sidan, mot holmens ytterkant. Gerdas långa, gråa hår fladdrade och granbarr fastnade på hennes stickade blus. Granarnas kvistar toppades av färska ljusgröna skott, och jag mindes plötsligt att Anna hade berättat att hon brukat dricka saft på granskott som liten. Innan jag hann fråga Gerda om detaljer kring det, stod vi på en stenhäll och blickade ut över skärgården i all dess prakt.

"Här brukar jag ibland sitta och fundera varför vi har slagit oss ned här på denna gudsförgätna holme", sade Gerda stolt. "Och all denna skönhet är verkligen svaret på den frågan."

Jag satte mig på den kala hällen och tittade ut över Båtdragsviken. En poppel lutade vakande över hällen. Eller var det sälg? Öar syntes så långt jag kunde se i horisonten. De var inte kala, vindpinade kobbar som i Hangö eller i den yttre skärgården, men ändå verkligen imponerande. Vild gräslök växte redan mellan klipphällarna och jag knep av en stjälk. Den smakade gott när jag tuggade på den. I vassen framför mig prasslade det och jag undrade om det var en snok eller en huggorm. Över havsvattnet sveptes ljudet från en motorbåt någonstans på fjärden.

"Jag brukar ha fisknäten en bit från vassen", sade Gerda stolt. "Fisk är en viktig ingrediens i min föda. Det finns rikligt med mört, abborre och gädda här. Ibland får jag braxen och gös också."

Allt var så idylliskt att jag skulle ha kunnat tillbringa hela dagen på hällen, som vårsolen hade värmt upp. En klump samlade sig i min hals. Om Anna hade lämnat mig och om jag inte skulle se henne mera, fanns det ingen orsak att jag skulle få komma tillbaka till detta lilla paradis. Kanske det var menat så. Kanske Annas försvinnande hade fört mig hit för att jag en enda gång skulle få se allt det som hade varit hennes värld som liten.

Vågorna krusade sig och ljudet påminde mig om något från min barndom. Något dallrande ljud, som om luften var fylld av förväntan. Plötsligt mindes jag vad det var. I mitt barndoms Fiskars bruk växte tiotals uråldriga aspar och vinden fick deras löv att dallra med samma ljud som vågorna. Trots det kändes holmen inte särskilt hemtrevlig. Jag visste inte varför. Kanske för att jag var en inkräktare på privat mark?

En stund senare rodde Gerda mig över till fastlandet med blicken fäst i mina ögon. Jag undrade för mig själv vad hon tänkte om mig, men jag vågade inte fråga. Gerda Tschäder hade sett så mycket under sitt långa liv att jag inte vågade veta vilka alla öden jag kunde ha framför mig ännu. Eller vilka öden som jag inte skulle hinna få uppleva.

Men det fanns en tanke kvar som jag absolut måste hålla klar för mig. Det var inte Gerdas eller mitt öde det var fråga om. Det var Annas öde som var i centrum, och den plats dit hon hade försvunnit. Den plats som fortfarande var okänd.

KAPITEL 8

Vägskälet till Fagervik blev bakom mig och jag fortsatte mot Ingå igen. Jag ville tillbaka till Helsingfors till eftermiddagen för att i lugn och ro fundera på nästa steg i mitt eget lilla revir. Och kanske jag även skulle gå till Annas bostad för att se om hon hade varit där samt vattna hennes blommor.

Pappas gamla bil, som jag hade fått efter att han hade dött, transporterade mig tryggt genom alla kurvor och genom vacker Ingålandsbygd, tills den medeltida gråstenskyrkan skymtade igen. Kyrkan såg trygg ut, och jag förstod att det berodde på att den liknade min hembygds kyrka, St Maria kyrka i Pojo. Jag vet inte om det var för att den såg så bekant ut eller om det var något annat, men ett plötsligt infall fick mig att parkera bilen vid kyrkogårdens stenmur.

Gravgården såg relativt liten ut och jag undrade för mig själv om det vore lätt att hitta Tschäders familjegrav. En känsla inom mig fick mig att vilja se minnesmärket över alla de döda personer, som Gerda Tschäder hade pratat om. Skulle jag på något sätt komma närmare den försvunna Anna, om jag hittade hennes mammas grav?

Jag tittade omkring mig och såg några vildrosor stå i knopp. Några stora, åldriga lönnar på gravgården utsöndrade någon sorts nektar för de små bladen verkade attrahera bin och andra insekter. En fet nötskrika skuttade över några gravar utan att orka flyga iväg. Min blick seglade instinktivt upp mot klocktornet. Jag mindes den flock med kajor som alltid hade kretsat kring Pojo kyrka och de fanns även här i Ingå. Flocken satt på en lyktstolpe i kyrkans närhet och jag log för mig själv. Lyktorna var sannerligen onödiga under den här tiden av året, då dagsljuset inte gav vika ens på natten.

Det var tydligt att jag grubblade för mycket. Var det ett tecken på att jag var alltför lite sysselsatt? Hade utredningen av Annas försvinnande blivit för omfattande? Borde jag se mig som jävig i fallet? Skulle jag grubbla mindre om det hade varit någon okänd uppdragsgivare som mitt uppdrag gällde? Hade jag agerat mot mina egna intressen då jag beslutat mig för att ignorera Annas uppmaning att inte leta efter henne?

Mina tankar gick tillbaka till tiden innan jag hade träffat Anna och tiden innan jag beslutat mig för att gå privatdetektivkursen. Jag hade varit långtidsarbetslös och utan något vettigt att göra under dagarna. Då hade jag grubblat över allt möjligt onödigt och alla motgångar hade fått ofantliga proportioner. Men så fort jag hade träffat Anna, hade mina tankar och min sysselsättning varit fylld med positiva saker. Jag hade haft någon att dela mitt liv med. Kanske det var därför som jag var lite hysterisk nu. Jag var inte beredd att avstå från det välmående som Anna hade fört med sig. Inte förrän jag hade fått en förklaring till varför jag var dömd att leva ensam igen. Utan sysselsättning. Utan vardagens små glädjepunkter.

Plötsligt mindes jag att detaljerna kring Annas mammas död inte hade blivit vädrade ute på Kvigholmen. Hade Gerda på ett skickligt sätt undvikit ämnet så att jag inte ens märkte att vi inte hade pratat om det? Jag visste bara att Annas mamma hade snubblat i trapporna och att hon hade skadat sig så svårt att hon inte kunde räddas. Det hade varit en beklaglig olycka, men fanns det något mera i historien som inte hade berättats åt mig? Kanske jag skulle bli tvungen att ringa upp Gerda för att få höra mera.

Jag gick mellan raderna av gravstenar och tittade på namnen. Det var granitstenar, svarta stenar och det var gammalmodiga bokstäver och stora tryckbokstäver. Men det var nästan enbart svenskspråkiga släktnamn. På den äldre sidan fanns det också några uråldriga järnkors. Då jag såg att dödsdatumen på samtliga stenar var för årtionden sedan, förstod jag att det måste finnas en nyare gravgård någon annanstans. Jag suckade, för jag ville absolut inte leta efter en annan begravningsplats.

Barnsång hördes från andra sidan kyrkogårdsmuren och jag såg att en skola befann sig där. Sången hördes från ett öppet fönster. Min blick trevade mot skylten som berättade att det var Kyrkfjärdens skola och de unga rösterna avslöjade att det måste vara fråga om en skola med de första årskurserna. Själva sången var lätt att känna igen. "Den blomstertid nu kommer", den sång som lovade härliga kommande sommarmånader, var bekant för alla.

Minnen från mina egna skolavslutningar strömmade in. Det hade varit en oskriven regel att vi skulle ge en bukett med nyplockade liljekonvaljer åt vår lärare till skolavslutningen. Jag sniffade i luften ifall liljekonvaljernas doft skulle kännas även här på gravgården. Alla vårar hade inte skridit så snabbt fram att liljekonvaljerna blommade vid skolavslutningen. Eftersom det var i slutet av maj, antog jag att detta års skolavslutning skulle ske redan följande lördag. Efter det skulle även Kyrkfjärdens skola vara öde i åtminstone två månader. Under två månader hittade skoleleverna något annat ställe att tillbringa sina dagar. Någon annanstans att försvinna.

Plötsligt hajade jag till. Något bekant hade ställt sig i mitt synfält, något som hade fått mina till hälften bortdomnade tankar att vakna upp. En gravsten med texten Tschäder.

Det var en gravsten i rödfläckig granit, men det svartmålade namnet hade fångat min uppmärksamhet. Överst fanns en mans namn, som jag enligt födelse- och dödsdatum tolkade som Gerdas make, Annas morfar. Under det fanns namnet "Alexandra Susanna" med ett födelse- och dödsdatum, som avslöjade att hon hade dött som 30-åring för 30 år sedan. Alexandra Susanna Tschäder. Annas mamma.

Graven var rätt vildvuxen och jag förstod att det var svårt för Gerda att resa ända till Ingå centrum för att sköta graven. Torrt granris hade placerats framför stenen för att skydda planterade vildblommor under vintern, och jag kände mig frestad att ta bort granriset så här i vårvärmen. Jag fäste min blick i något som stod upp mellan kvistarna. Ett litet stenkors.

Jag böjde mig ned för att studera stenkorset närmare. Ingenting. Varken ett inristat namn eller något som skulle berätta varför korset fanns där. Min första tanke var att det lilla korset symboliserade ett litet barn, som aldrig hunnit få ett namn innan det dog. Men vems barn? Korset såg ut att ha varit instucket i jorden i många år redan. Kan det ha varit en mycket ung Annas barn? Eller var det så gammalt att det hade varit en syster eller en bror till Anna?

Varför hade Anna aldrig berättat något om ett barn, eller ett syskon? I själva verket pratade hon inte om barn överhuvudtaget. Endast det konstiga uttalandet om barnlöshet för över en vecka sedan, då vår samvaro ännu hade varit normal. Och Gerda då? För några timmar sedan hade hon nog berättat i detalj hela släkten Tschäders släktkrönika, men hon hade inte berättat något om ett dött barn. Hon kunde väl inte av misstag ha lämnat en så avsevärd del av berättelsen onämnd?

Min instinkt sade att jag hade kommit något på spåren. Kunde Annas försvinnande ha något att göra med det döda barnet? Om korset överhuvudtaget symboliserade ett dött barn?

Jag kikade på mitt armbandsur. Eftermiddag. Kunde jag trots allt göra ett överraskningsbesök? Var det godtagbart i Ingå att komma objuden på besök? Dock, jag hade faktiskt blivit inbjuden, så det kanske inte var helt fel. Det kunde inte skada att pröva. Jag tog fram min mobiltelefon och ringde upp, ifall det skulle vara OK. Eller borde jag låta bli? Om de var inblandade i Annas försvinnande skulle de hinna sopa igen spåren innan jag dök upp. Mitt beslut var enkelt. Jag skulle dyka upp helt plötsligt.

KAPITEL 9

För tredje gången körde jag på Fagervik-vägen, och det skulle bli ännu en fjärde gång, när jag väl åkte hem till kvällen. Men innan dess skulle jag besöka Annas barndomsvän, Bettina Pirinen. Hon bodde tillsammans med Sebastian i Fagervik, och hon skulle förhoppningsvis veta mera om Annas förflutna. Och kanske något om det mystiska stenkorset på Ingå gravgård.

Jag mindes även att Anna som liten hade rymt från Kvigholmen och att hon hade tillbringat en vecka i Bettinas familjs lada, där hon slutligen hittats. Det var tydligt att Bettina kanske till och med hjälpte Anna med att hålla sig undangömd, om väninnan så önskade.

Den här gången ignorerade jag vägskälet till Barösund och körde istället in i Fagerviks bruk.

Jag kände mig omedelbart hemma. Som om jag vore i Fiskars igen. Alla tjockstammade ädla träd berättade om gamla anor precis som i Fiskars. Byggnader i röda tegel berättade om gamla smedjor och järnförädling. Jag visste dock också att alla de västnyländska bruken inte var likadana. Fagervik hade en egen kyrka, vilket Fiskars aldrig hade haft. Och den herrgård, som skymtade bakom slottsparken såg visserligen likadan ut som den i Fiskars och i Svartå, men i Fagervik var den privatägd och stängd för allmänheten. I Svartå var huvudbyggnaden öppen för turister men i Fiskars var herrgården helt enkelt tom och användes ytterst sällan till någonting.

De gamla trädens blad hade inte orkat krypa ut ur kvistarna ännu. Olika grönaktiga skimmer syntes dock och det var bara fråga om någon dag innan grönskan skulle vara fullständig. Lönnarnas bladskott var brungröna och någon trädart skimrade i violett eller vinröda nyanser. Kunde det vara lindarna?

Bakom Fagerviks kyrka såg jag någonting som jag alltid hade saknat i Fiskars centrum. En riktig sjö. Fagerviks vattendrag kallades för Bruksträsket och den var en dominerande del av brukets helhet. Jag mindes de otaliga gånger som jag hade försökt fiska i Fiskars å utan att få napp. Då hade brukets närliggande sjöar varit betydligt mera attraktiva för en liten pojke som jag.

Ett dämpat dunkande hördes från en förbipasserande bil. Jag hann se en ung man trumma sina händer mot ratten i takt till snabb musik innan bilen försvann i en kurva. För en sekund hade jag inbillat mig att dunkandet var från en kidnappad flicka, som försökt fånga min uppmärksamhet.

Jag lämnade bilen mitt emot Fagerviks huvudstråk, och kände mig genast hemma igen. Huvudstråket kantades av gamla rödmålade arbetarstugor, som liknade dem vid Åkerraden i Fiskars. Jag lovade mig själv att besöka Fiskars igen denna sommar. Det borde bli en återkommande tradition, tänkte jag. Men roligast vore det naturligtvis om jag hade Anna som sällskap under ett sådant besök. Skulle hon vara beredd att åka tillbaka till bruket igen? Efter allt det som hade hänt där för ett år sedan, strax efter att vi hade träffats?

Min blick fortsatte längs landsvägen mot Snappertuna-hållet. Om jag promenerade en bit framåt, skulle det komma ett vägskäl till vänster. Genom att följa den vägen en bit, skulle jag komma till Bettina och

Sebastian Pirinens ekologiska lantgård. Det hade jag förstått när de tidigare hade berättat om sitt ställe.

Eftersom eftermiddagens vårsol fortfarande värmde, och eftersom jag njöt av lantluften enormt, beslöt jag mig för att promenera den sista biten. Bilen kunde gott vänta på parkeringsplatsen, för det var inga stora turistflöden till Fagerviks bruk för tillfället.

En liten träskylt berättade om den ekologiska farmen och jag gick längs sandvägen mot de rödmålade byggnader som såg ut att tillhöra ett lantbruk. Redan innan jag hade nått fram till gården, hade jag blivit noterad i fönstret och Bettina kom gående ut. När hon såg att det var jag, en bekant istället för en kund, började hon springa mot mig av iver. En vilt skällande collie kom springande efter henne.

”Jonas, vilken överraskning! Var är Anna?”

Min bistra min hejdade Bettina, men inte collien, som kom framrusande och krävde uppmärksamhet av mig.

”Har något hänt?” frågade Bettina osäkert och tittade över min axel som om hon letade antingen efter Anna eller mitt fortskaffningsmedel.

”Jag är ledsen att jag kommer objuden”, sade jag och lät min hand glida över mitt hårfäste för att svepa bort några svettdroppar. ”Det gäller faktiskt Anna. Jag letar efter henne, för hon är försvunnen.”

”Försvunnen?” ekade Bettina med öppen mun. Sebastian dök upp från ett av gårdens skjul. Han var iklädd en overall, som tydligt visade på att han hade fullt upp med jordbrukets dagsprogram. Han lyfte dock på handen som en hälsning och antog att Bettina skötte om mig.

Jag tittade omkring mig som om jag i hemlighet hoppades på att få se något spår efter min försvunna flickvän. Gården översvämmades av ännu flera gröna nyanser än dem jag hade sett i bruket. Björkbladen var inte helt utvecklade ännu, men de skimrade redan ljusgrönt mellan de svartvita trädstammarna. En ung rönns blad hade spruckit ut, men de såg dystert grådaskiga ut. Syrenbuskarnas blad var i knopp och jag kunde bara föreställa mig hur de lila- och vitfärgade blommorna skulle locka humlor och bin om några veckor. Narcisserna och tulpanerna var redan utblommade vid husets sockel, men några pärlhyacinter blommade ännu. Någonstans avlägset hördes motorsågsljud och jag antog att ett kalhygge utfördes djupare in i skogen. Ljudet överröstades av en traktor någonstans lite närmare.

En svartvit flugsnappare trippade omkring i trädgården, som doftade av nyklippt gräs. Någonstans avlägset gol göken som ett oavbrutet kall på en fästmö. Äppelträden blommade härligt vitt, som om det växte bomull på dem. Jag visste att stadens ljusröda körsbärsblommor hade varit en populär sevärdhet under morsdagen för några veckor sedan.

Collien var så ivrig över besöket att den nös. Jag tittade omkring mig och tackade min goda tur för att jag inte var allergisk mot pollen. Det vore bittert om jag skulle lida av all denna njutning som våren förde med sig.

"Kom in och berätta", uppmanade Bettina och jag vaknade till. Våren hade övermannat mig utan att jag ens hade svarat på Bettinas oro för Anna. Jag var så trött att jag kunde somna in bland äppelträdens blommande prakt. Jag hoppades att jag inte skulle somna bakom ratten när jag väl åkte hem till Helsingfors till kvällen.

Jag steg in i farstun och collien följde efter. Ett tiotal presentkorgar med lantbruksprodukter stod uppradade på ett bord och jag tittade frågande på Bettina.

"Det där är vår bästsäljare", förklarade hon stolt. "En lyxig korg med ekologiska picknick-produkter. Samtliga är närproducerade godsaker."

"Lokala Ingå-bor bryr sig knappast om den här lyxen", konstaterade jag och tittade på burkar med rödvinbärsgelé, nässelsmör, närproducerad gräddost och lammpålägg.

"Stadsborna brukar komma hit då de åker till sina sommarstugor", svarade Bettina. "Vill du ha mat? Eller kaffe?"

"Jag skall nog åka hem till Helsingfors till middag", sade jag och försökte titta omkring mig ifall hon hade dukat upp för flera personer än två.

"Jag hade tänkt koka upp lokal sparris åt mig och Sebastian till kvällen", sade Bettina fundersamt. "Med kirskålssallad och bondost till. Kirskålen är ett ogräs som går bra att äta så här på våren."

"Vad menar du med lokal sparris?"

"Mjölkört. Eller rallarros. Dess färska skott fungerar bra som sparris när de ännu är unga."

Jag tittade förstummat på henne. Anna hade nog känt till att det var vegetarianer som besökte oss till middagen den där kvällen för en vecka sedan. Men jag hade aldrig trott att det var fråga om självförsörjande vegetarianer, som använde sig av allt som naturen erbjöd på ett ekologiskt sätt. Eller kanske inte helt vegetarianer, eftersom de tillät fisk i sin kost.

”Men jag kokar gärna upp lite kaffe eller te åt dig om du har bråttom hem”, fortsatte Bettina. ”Jag bakade en rabarberpaj igår kväll, för jag måste skapa utrymme i frysen för nya stjälkar som snart börjar växa upp. Och ja, om du inte vill ha kaffe eller te, så har jag också lite mjöd som är kvar från Valborgsfirandet.”

”Mjöd och paj låter perfekt”, sade jag.

”Berätta nu”, krävde Bettina medan hon pysslade i köket. Jag satte mig vid köksbordet och tittade genom fönstret på en skata, som ställde sig på en av björkarnas toppar.

”Jag har inte haft kontakt med Anna på över en vecka. Hon svarar inte på telefonsamtal, hon har inte varit på sitt sociala konto och hon har inte varit hemma. Hon är helt enkelt försvunnen.”

”Det har väl inte att göra med den där Yu Chen, som vi pratade om under er kvällsmiddag? Det lät ruskigt det där med de torra björklöven.”

”Nej, det är uteslutet. Jag åkte faktiskt till Shanghai för att träffa honom.”

”Vad?” ekade Bettina. Det lät tydligen som om jag hade åkt till månen. Eller verkade jag obalanserad som gjorde något så omständigt bara för att leta efter en försvunnen person?

”Alldeles. Han är oskyldig till hennes försvinnande. Men det finns andra konstigheter. I Annas bostad fanns ett brev av henne åt mig, som uppmanade mig att inte söka efter henne.”

”Men det eggade upp dig att lägga in ännu mera insatser på att leta efter henne”, påpekade Bettina med en forskande blick.

Jag visste inte hur jag skulle tolka hennes blick. Var hon nöjd över att jag brydde mig så mycket om Anna att jag trots allt letade efter henne, eller var hon missnöjd över att Annas önskan ignorerades?

"Jag vet inte om hon har försvunnit av egen vilja eller om någon har kapat henne och lagt fram brevet som ett villospår åt mig."

"Jag förstår", sade Bettina tankfullt och skar upp två bitar med rabarberpaj åt oss. Collien tittade på oss med snålvattnet rinnande.

"Jag har besökt Kvigholmen idag och jag träffade Gerda Tschäder för första gången på hemmaplan. Det känns som om något inte har blivit sagt eller som om något fattas ännu innan jag kan sluta fred med tanken att Anna inte är min flickvän längre."

"Det måste vara över 20 år sedan jag besökte Kvigholmen för att övernatta hos min bästa väninna. Jag trivdes enormt i Annas hem. Och jag fick massvis av inspiration av Gerda. Det är delvis hennes överlevnadstalanger som vi förverkligar här i våra odlingar. Och i våra vildväxter här på vår ekologiska farm."

"Är det något speciellt som du minns från besöken där? Något konstigt?"

"Huset kändes lite konstigt. Ett splitternytt hus bland allt det gamla och ekologiska. Men det hade visst skapats med alla de där pengarna som Annas mamma fick."

"Vet du något om den där olyckan, där Annas mamma fick sätta livet till?"

"Jag minns att jag nog lade märke till den andra våningen och trappan ned till första våningen. Trappan där hon hade fallit flera år tidigare. Och vi var ju faktiskt tvungna att gå till andra våningen hela tiden, för det var där som Annas rum var."

"Berättade de något om den där olyckan?"

"Anna har berättat lite. Hon var tre år när hennes mamma dog, så hon minns inte händelsen särskilt väl. Och jag har inte diskuterat ämnet närmare med Gerda heller."

"Vet du om Anna hade en syster? Eller en bror?"

"Nej, hur så?" frågade Bettina överraskat.

"Vid Tschäders grav finns ett litet stenkors, som kunde tyda på ett dödfött barn. Korset ser ut att vara många år gammalt."

"Jag vet faktiskt inte", sade Bettina med en grimas. "Det måste ha varit fruktansvärt. Att vänta barn, som sedan dör som väldigt liten. Jag vet inte om det är värre än att inte kunna vänta på ett barn överhuvudtaget."

"Oj, ursäkta", sade jag välvilligt. Jag insåg att vi plötsligt hade fallit in på samma ämne som hade kryddat vår gemensamma kvällsmiddag. Det känsliga ämnet om barnlöshet. Och jag visste att Bettina och Sebastian gärna ville ha ett barn, men av någon orsak kunde de inte få det.

"Det är okay", sade Bettina med en sorgsen blick. "Jag har svårt att tro att Anna frivilligt skulle ha gjort en abort. Hon måste veta att det skulle ha en enorm påverkan på vår vänskap."

"Varför tror du att barnet kunde ha varit Annas?"

"Hon var rätt vild som liten. Hon gick sina egna vägar. Jag tror att det berodde på den där isoleringen på ön. Eftersom hon gjorde en massa självständiga beslut, skulle det inte förvåna mig om hon sexuellt vaknade upp mycket tidigare än vi andra flickor. Och att en graviditet skulle ha varit en följd av det."

Jag tittade förstummat på Bettina. Det förvånade mig inte att Anna hade haft en väldigt självständig vilja, men skulle det ha kunnat gå så långt?

"Jag tog för givet att ett eventuellt annat barn skulle ha varit hennes mammas barn", fortsatte jag. "Ett syskon till Anna."

"Det är naturligtvis möjligt. Alexandra Tschäder var ju ingen nunna precis. Och hon berättade aldrig för någon vem Annas pappa var. Åtminstone inte vad jag vet."

"Under alla de år som du har känt Anna, är det vanligt att det uppdagas hemligheter som hon har undanhållit dig? Hennes bästa vän?"

"Inget som skulle ha hotat vår vänskap i varje fall. Men vad har allt det där gamla med hennes försvinnande att göra?"

"Uteslutningsmetoden", svarade jag. "Brevet till mig var ett meddelande antingen från Anna själv eller någon som känner henne så pass väl att han eller hon känner till min existens. Anna och jag har inga andra gemensamma vänner än du och Sebastian ännu. Anna har inte berättat om några andra fiender än Yu Chen, som jag har uteslutit. Så det måste var hon själv, hennes familj eller någon av våra gemensamma vänner. Om jag fick gissa, skulle jag nog säga att Kvigholmen är en fascinerande plats med många hemligheter, såsom Alexandra Tschäders mystiska död och det där stenkorset. Det är något som jag måste forska tills de fått en tillfredsställande förklaring."

"Jag tror att jag förstår", mumlade Bettina. "Men som du förstår är jag nog lite orolig för den förklaringen att Anna faktiskt vill hålla sig undan. Utan önskan att du letar efter henne. Då skulle jag motarbeta min bästa väns vilja om jag hjälper dig."

"Är det rätt att din bästa vän försvinner av egen fri vilja utan att ge en förklaring åt dig? Är det en god väns beteende?"

Mitt ordval var hätskt och vågat. Det var inte tryggt att ifrågasätta två kvinnors långa vänskap. Men det visade sig vara rätt val.

"Du har rätt", erkände Bettina. "Fråga vad du vill. Det här är inte Annas stil."

"När Anna var liten, rymde hon och var försvunnen en vecka. När hon hittades, var hon i er lada. Du hade visst hjälpt henne och gett henne mat. Ser du att här kan vara ett liknande mönster?"

"Jag förstår det. Men tro mig, jag har ingen aning om var hon är. Den här gången har hon ingen hjälp av mig."

"Kan jag få se er lada?"

"Naturligtvis. Gå dit bara. Det var byggnaden där Sebastian var när du såg honom på gården."

Bettinas röst hade en ton, som inte lät särskilt nöjd över att jag misstrodde hennes ärlighet. Det var dock viktigt att jag fick se den plats, där Anna hade tillbringat en vecka utan att någon hade hittat henne. Stolen skrapade mot det omålade golvet när jag steg upp. Collien följde mig med blicken, men den stannade hos sin matte. Eller i utrymmet, där maten fanns. Jag gick raskt ut igen i trädgården, som redan började kännas lite sval i vårkvällen.

Ladan var mörk och full av redskap. Det fanns inte särskilt många höbalar kvar, för korna hade ätit dem under vintern. Jag tittade snabbt omkring mig och konstaterade att ingen var gömd mellan balarna. Men för många år sedan hade någon sovit bland dem. Anna.

Ute igen tittade jag omkring mig. Jag tittade uppåt och såg gamla svalbon under takkanten. Jag tänkte på alla myggor och flugor som skulle surra runt korna redan om en månad. Ännu hade myggorna inte kläckts. Vårdagarna och kvällarna måste vara ett paradis för korna, som nyligen hade släppts ut från sina lador.

”Du såg väl inte Sebastian?” frågade Bettina när jag väl var inne tillbaka. ”Han jobbar hårt på kalhygget tillsammans med grannarna.”

”Kalhygge låter inte riktigt som ekologiska odlares favoritsysselsättning?” påpekade jag försiktigt.

”Det är sant”, svarade Bettina. ”Men grannsämjan är viktigare och han behöver hjälp med sina projekt. Sebastian och jag låter oss inte bindas av våra övertygelser.”

”Jag skall inte uppehålla er längre”, sade jag uppriktigt. ”Ni har massvis att göra så här på våren.”

Det var uppenbart att det inte gjorde någon skillnad för jordbrukarna om det var en vardag eller veckoslut. Eller en fredagskväll som denna.

”Du har inte funderat på att återvända till Västnyland?” frågade Bettina. ”Jag menar, Kvigholmens öde måste ritas om när Gerda Tschäder dör. Vad tror du att Anna vill göra?”

"För tillfället verkar det som om jag inte har något med det att göra. Åtminstone om man får lita på Annas skriftliga meddelande."

"När de här konstigheterna har fått sin lösning, är Kvigholmens öde fortfarande oklart. Det är inte helt omöjligt att man kunde fortsätta med att hålla djur där."

Anna skulle sälja Kvigholmen. Det var jag säker på. Men om antingen hon eller jag ville bli jordbrukare? Eller skogsägare? Ville vi bo där, avskilda från resten av världen? Tanken var absurd, åtminstone den första tanken. Hur skulle jag plötsligt kunna bli jordbrukare?

"Få se vad Anna vill", sade jag kort. "Det är faktiskt hon som äger holmen redan nu. Hon ärvde den när hennes mamma dog."

"Jaså, det visste jag inte", sade Bettina överraskat.

"Om vi ännu återgår till den där döda babyn", sade jag och tog en klunk av mjödet. "... finns det någon som du kunde fråga av, vem korset är ett minne för? Någon som kanske minns händelserna kring Alexandra Tschäders död för 30 år sedan?"

"Jag vet faktiskt inte...", sade Bettina tveksamt. "Det är tydligt att man vill glömma de tragiska händelserna. Skvallerbehovet är inte så stort här som det kanske är annanstans. Och om Anna vill vara i fred, varför skulle jag motarbeta den viljan? Det här är stora frågor."

"Min åsikt är att vi måste göra allt för att hjälpa henne om hon är i någon sorts fara", sade jag bestämt.

Bettina tittade olyckligt på mig som om hon drogs mellan två olika moraliska val.

"Naturligtvis. Om hon är i fara. Visst kan jag höra mig för av gamla vänner, om någon skulle veta något. Men det tar tid. Jag antar att du vill meddela henne som en försvunnen person rätt snart."

"Det är sant", medgav jag. "Jag vet faktiskt inte vad jag skall göra och när. Jag tror att mitt nästa steg blir att inofficiellt konsultera polisen. De får sedan rekommendera hur jag skall fortskrida."

"Okay, det låter bra", sade Bettina och tittade lättad på mig när jag steg ur hennes stol.

Collien verkade ana att jag var på väg för den reste sig och gick till dörröppningen. Kanske den hoppades på att Bettina skulle följa mig till bilen och att den därmed skulle få en kvällslänk på samma gång. Hon satte dock fötterna i gummistövlarna, vilket var ett tecken på arbete snarare än en promenad.

"Jag har ännu en liten fråga", sade jag i dörröppningen. "Det är lite genant, men jag vet faktiskt inte vad ordet kviga betyder."

"Du tycks i varje fall veta att det har att göra med lantbruk eller djurskötsel, eftersom du frågar det av mig." Bettina såg road ut.

"Det har något med kossor att göra", bekräftade jag.

"En kviga är en ung ko, som är dräktig för första gången. Eftersom den inte har kalvat ännu, har den inte alstrat någon mjölk ännu."

"Brukar kvigor hållas avskilt från mjölkproducerande kor?"

"Ibland. Det beror lite på hurudana faciliteter man har. Men som sagt, de mjölkas inte regelbundet så som kor annars mjölkas."

”I tiderna har det kanske funnits speciellt mycket kvigor på Kvigholmen, och ön har därmed fått sitt namn.”

”Det är mycket möjligt. Men jag minns att när jag besökte Anna på holmen, fanns där bara en handfull nötkreatur. Och jag minns faktiskt inte om det var tjurar, kor, kvigor eller kalvar. På senare år har Gerda haft enbart lamm på holmen.”

Inom mig blixtrade en syn, där tre generationer med kvinnor skötte kor och kvigor på Kvigholmen. Och framför mig stod en ung kvinna med en härjad blick, som berodde på att hon inte överhuvudtaget kunde få barn. Det kändes som om Bettina läste mina tankar.

”Här på landet är en kvinna värdelös om hon inte kan få barn”, sade hon med en trött röst. ”Om korna inte får kalvar, blir de slaktade.”

”Om en kvinna frivilligt meddelade att hon inte vill ha barn, är hon säkert en utböling?” frågade jag försiktigt och det var självklart att jag syftade på Anna.

”De hör nog hemma i staden”, erkände Bettina. ”Och jag måste nog erkänna att jag blev chockad av Annas meddelande. Jag trodde att jag kände henne, men ändå kom hennes uttalande som en överraskning. När jag ser henne igen, vill jag gärna ha en lång diskussion med henne om ämnet.”

Jag tittade skarpt på Bettina utan vilja att börja debattera med henne. Hon hade ingen rätt att predika för Anna om hur man borde leva. Man kunde och fick väl inte kullkasta en ovilja att skaffa barn med en debatt?

”Det är en timmes körning innan jag är hemma och jag är dödstrött efter flygresorna”, sade jag uppriktigt. ”När vi träffas nästa gång får jag berätta mera om själva resorna. Förhoppningsvis under bättre omständigheter."

När jag åter promenerade mot Fagerviks bruks centrum, undrade jag om jag någonsin skulle träffa Bettina och Sebastian Pirinen igen. Det var ju trots allt Annas förtjänst att jag hade träffat dem överhuvudtaget, och de kunde försvinna ur mitt liv lika plötsligt som Anna hade gjort.

KAPITEL 10

Lördag

Följande dag satt jag i Ekenäs polishus framför Stefan Rundbergs skrivbord. Min polisvän satt mittemot och fingrade fundersamt på en blyertspenna. Han visste varför jag hade kommit, eftersom jag hade ringt upp honom om Annas försvinnande redan för en vecka sedan. Eftersom Anna hade varit försvunnen redan så pass länge, kunde han inte avfärda min oro lika lätt som förra gången.

Solen sken in i polisfastigheten i Formanshagen och avslöjade hur smutsiga fönstren var. Själv var jag nöjd över att Helsingfors hade satsat på att forsla bort all vintersand redan tidigt på våren. Dessutom ville alla stadsbor tvätta sina fönster och sina asfalterade gårdar snabbt för att våren skulle kännas så frisk som den bara kunde. Trots det hade det dammat ordentligt av sandrester på sydkustvägen till Ekenäs.

Äntligen kände jag mig lite fräschare! Jag hade sovit gott föregående natt, men jag hade fortfarande en hel del sömnskulder att betala av. På morgonen hade jag ringt upp Stefan för att höra hans råd om hur jag skulle gå vidare i utredningen av min försvunna flickvän. Han hade berättat att han skulle hålla veckoslutsjour i polishuset och jag hade föreslagit att jag skulle göra en utflykt till Ekenäs. Han hade bekräftat att vi gott kunde diskutera fallet under hans lunchrast.

Först hade jag funderat på att ta tåget till Ekenäs, men jag ville vara förberedd ifall ett nytt spår skulle föra mig någon annanstans i Västnyland. Utanför tätorterna behövde man nog en bil för att komma fram. Dessutom hade tågförbindelserna till Västnyland blivit stympade och konstiga under den senaste tiden. Kanske jag skulle vänja mig vid att ta bussen i framtiden.

"Vill du ha lite kantarell-lasagne?" frågade Stefan. "Det är härligt gott. Frun min vill tömma frysboxen inför den nya säsongen. Hon har plockat lite färsk harsyra till."

"Tack gärna!" sade jag och började mumsa på den lilla matbit, som Stefan delade med sig. "Vad är det med alla västnylänningarnas iver att samla naturörter just nu? Igår fick jag många olika smakupplevelser i Ingå."

"Det är årstiden som inspirerar", sade Stefan. "Men du då? Du fick säkert smaka på en hel del exotiska godsaker under din resa."

"Det var en hektisk resa. Shanghai, Delhi och Kapstaden på mindre än en vecka. Det blev nog en hel del mat, men jag har svårt att njuta av smakerna så länge jag oroar mig för Anna."

"Ja, det var nog ett konstigt fall det där", grymtade Stefan och torkade lite sås från mungipan.

"Och så har jag lidit av sömnlöshet också. Alla de där nattflygen."

"Och här har vi de ljusa nätterna. Eller dagarna som blir allt längre. Men jag klagar inte."

"Som sagt, jag lyckades utesluta att Yu Chen skulle ligga bakom Annas försvinnande. Kvar finns alltså alternativen att hon har försvunnit av egen vilja eller att någon har rövat bort henne."

"Vi får ta itu med de tecken som visar på att hon skulle ha blivit bortrövad", sade Stefan. "Så att du får lugn och ro sedan."

"Det låter som om du fortfarande tror att hennes försvinnande är hennes egen vilja?"

"Det brukar oftast vara så. De hittas hos vänner eller släktingar. Nära eller fjärran. På en semesterort, där de har grubblat över livets mening i en vecka innan de hör av sig igen åt omgivningen. Har du förresten hittat hennes pass i hennes bostad?"

Jag gapade av överraskning. Varför hade vi inte tänkt på det tidigare? Jag måste absolut gå till hennes bostad och leta efter hennes pass så fort jag var tillbaka i Helsingfors.

"Okay, jag skall ta itu med den saken ännu", svarade jag irriterad över att Stefan inte hade föreslagit det för en vecka sedan. "Men vi har alltså faktumet att Anna sade att hon kände sig iakttagen strax innan hon försvann. Och de där björklöven i hennes bostad fick aldrig någon förklaring. Och dessutom förstår jag inte alls det där meddelandet att jag inte skulle leta efter henne. Ändå ledde spåren först till Shanghai och sedan till Kapstaden. Och där väntade ytterligare ett meddelande som med all sannolikhet var riktat åt mig. Att jag borde fortsätta sökandet i Buenos Aires."

"Och du valde att inte åka dit. Kanske hon finns där?"

"Jag tvivlar på det. I Kapstaden började det kännas som om någon gjorde ett stort besvär för att få mig bort från Helsingfors och Finland."

"Kan det vara så? Har något hänt här i Finland medan du har varit borta? Något som är förknippat med dig?"

"Nej, inte vad jag vet."

Jag hade faktiskt kikat genom tidningarna för att se om någon händelse under den senaste veckan hade med mig att göra. Och också de kommande evenemangen ifall ledtråden till Argentina hade haft avsikten att hålla mig utanför Finlands gränser ännu längre. Men ingenting verkade bekant eller intressant.

"Och du har nu haft kontakt med hennes närmaste vänner och släktingar utan resultat?"

"Ja."

"Och på hennes arbetsplats har man inte saknat henne?"

"Hon studerar. Alla föreläsningar är slut för perioden."

"Låter som en perfekt tidpunkt att åka iväg någonstans. Bara för att försvinna från den förskräckliga vardagen. Och kanske från ett lite urvattnat förhållande?"

"Jag har en ny ledtråd som jag hoppas att du kunde hjälpa mig med", sade jag med en nedstämd röst. Stefans provocerande antydanden var helt berättigade även om de inte var lätta att smälta.

"Berätta!"

"Jag hittade något som kan leda till det där gamla fallet, där Annas mamma dog."

"Nej, inte igen!" stönade Stefan.

För ett år sedan hade han hjälpt Anna och mig i uppdraget som avslöjade den skötare, som kommit till Annas mammas hjälp för 30 år sedan. Under den ödesdigra natten, då Alexandra Tschäder hade fallit och dött.

"Alla de som fängslades i härvan för ett år sedan sitter fortfarande i fängelse", sade Stefan bistert. "De har inte rövat bort Anna."

"Vet du om det fanns ett litet barn hos familjen Tschäder? Jag såg nämligen en liten symbol vid familjegravstenen i Ingå igår."

"Det går lätt att kolla. Vi här i polisen har tillgång till magistraters uppgifter. Du visste väl att magistratet finns här i Formanshagen?"

Han knappade i datorn och surfade tydligen från en databas till en annan. Den långa konstapeln lade ett par läsglasögon över näsan och tittade förbryllad på resultaten. Han sneglade över glasögonen åt mitt håll.

"Den här uppgiften hade ingen betydelse i utredningarna ifjol. Bara det kan förklara varför den här detaljen aldrig kom upp då."

"Det fanns alltså ett barn", sade jag med hopp i rösten.

"När Alexandra Tschäder snubblade i trappan, dog inte bara hon själv. På samma gång dog även hennes ofödda barn."

"Anna hade en syster! Eller en bror. Som aldrig blev född!"

"Enligt polisrapporten levde pojken en stund, men dog sedan. Han var helt enkelt för liten för att överleva."

"Vad kan allt det ha för betydelse nu, 30 år senare?"

"Jag kan berätta varför. Hela arvslängden är beroende av vem som dog först. Om mamman dog först, fick båda barnen ärva henne. Hälften gick till pojken och hälften till Anna. Men om pojken dog först, fick Anna ärva allt som det enda levande barnet när mamman därefter dog."

"Men vad gör det för skillnad, om en gång Anna ärvde dem båda i varje fall?"

"Där har du fel. Om pojken ärvde hälften några sekunder eller minuter innan han dog, blev Anna inte hans arvtagare. Utan pojkens far."

Jag tittade oförstående på min polisvän. Det han berättade lät trovärdigt, men jag var bara ytterst förvånad. Jag visste att Annas pappa var okänd, så jag hade tagit för givet att även det ofödda barnets pappa var okänd.

"Men det gör i varje fall ingen skillnad", fortsatte Stefan. "Enligt polisrapporten dog barnet först, och Alexandra Tschäder först några minuter senare. Så det har inte blivit något fel i arvsföljden."

"Förutsatt att de inblandade inte ljuger", konstaterade jag oroligt.

"Vi har skötarens vittnesmål och obduktionsrapporten."

"Okay", stönade jag, utled över att vi igen hade kommit till en återvändsgränd.

"Vänta", sade Stefan ivrigt och klickade vidare. "Pojkens pappa var alltså inte okänd. Jag har ett namn här."

"Vem var det?" frågade jag med spänning i rösten, för jag väntade ett bekant namn som skulle förklara allt.

"En man vid namn Torbjörn Björkblad. Är det någon bekant?"

”Nej”, sade jag besviket. ”Jag har aldrig hört namnet tidigare.”

”Vänta”, väste Stefan och ställde sig kapprak i stolen. Min långe polisvän såg ännu längre ut än vanligt. ”Sade du inte att Anna hade blivit skrämd av...?”

Det var min tur att räta på ryggen. Hela historien fick plötsligt en ny mening.

”Hon hittade björklöv på sitt golv och hon kunde inte förklara hur de hade kommit dit. Vi har hela tiden tänkt på termen björklöv. Nu har det dykt upp en man med namnet Björkblad. Kan det vara en slump?”

”Härvan har definitivt fått en ny vändning”, sade Stefan bistert. ”Tror du att Anna visste namnet på sin ofödda brors pappa?”

”Hon har aldrig sagt något om varken sitt syskon eller om dess far. Och när hon berättade om de torra björklöven, som hon oförklarligt hittade i sin lägenhet, hänvisade hon inte på något sätt att hon skulle ha kombinerat dem med en man vid namn Björkblad.”

”Kan han ha varit bitter på Anna under alla dessa år för att hon berövade honom det arv, som han kanske ansåg sig ha varit berättigad till via sin son? Och att han nu har kidnappat Anna antingen för att hämnas på henne eller för att på något sätt tjäna pengar på det?”

”Det låter som ett verkligt motiv”, sade jag. ”Men det finns inget som binder honom till det. Och varför skulle han ha varnat Anna på förhand genom att placera ledtråden till hans namn, björklöven, i hennes bostad?”

”Du har rätt”, sade Stefan. ”Och det är bra att du håller huvudet kallt och objektivt trots att vi har fått upp ett spår i din flickväns försvinnande.”

"Vad skall vi göra nu?" frågade jag. "Borde jag besöka Torbjörn Björkblad, var han än bor? Säg inte att han bor i Buenos Aires. Snälla!"

Stefan log medan han knapprade på datorn igen, troligtvis antingen i magistratens eller i Befolkningsregistercentralens databaser.

"I själva verket bor han inte särskilt långt från din bostad i Vallgård. Han bor i Rönnbacka i Helsingfors."

"Om jag besöker honom imorgon, finns det något jag borde ta i beaktande?"

"Först och främst har han ett nytt liv", sade Stefan med blicken i databasen, som jag inte såg. "Han bor med en ny familj i Rönnbacka och han har två tonåriga döttrar. Om han har rövat bort Anna mot hennes vilja så finns hon någon annanstans än i hans bostad."

"Något annat?" frågade jag och funderade hur jag skulle diskutera med Torbjörn Björkblad utan att avslöja något om hans tidigare liv för hans fru och barn, som kanske inte visste något om hans bakgrund.

"Officiellt har Anna fortfarande inte anmälts som försvunnen. Historien börjar få så konstiga vändningar att jag nog rekommenderar att du anmäler henne snart."

"Vore det bättre att jag lämnade förhöret av Torbjörn Björkblad till myndigheterna? Ifall han har något med försvinnandet att göra är det kanske viktigt att allt går rätt till?"

"Vad tycker du själv?" frågade Stefan och tittade stint på mig. "Du måste väga vad du själv tror på och vad du tänker om dina talanger som privatdetektiv."

"Jag tror att jag vill åka till Rönnbacka imorgon och se honom i hans egna omgivning. Om jag gör beslutet efter det?"

"Vi gör så", sade Stefan och lade ifrån sig tallriken med kantarell-lasagne.

Jag hade definitivt använt tillräckligt av konstapelns tid. Det var dags att gå vidare och planera följande steg. Det kritiska mötet med den man, som kanske visste något om Anna Tschäders försvinnande. Efter det skulle letandet efter Anna bli myndigheternas sak.

*

Några minuter senare saktade jag in framför en skyddsväg och lät några fotgängare gå över Raseborgsvägen. Jag hade just lämnat Ekenäs gamla gravgård vid vägens vänstra sida. Något fick mig att känna lite samvetskval över att jag inte hade besökt mamma. Trots att jag befann mig i den stad, där hon bodde.

Jag var inte irriterad på henne och vi kom väldigt bra överens, men det bara kändes omöjligt att möta henne just nu. Hon skulle genomskåda mig på nolltid och se att jag hade problem med Anna. Min flickvän, som mamma hade lärt sig att känna och gilla. Det var tydligt att mamma skulle ta Annas och mitt uppbrott hårdare än vad jag gjorde, och jag var inte ännu redo att börja förklara för henne ännu vad som hade hänt.

Och just när jag tänkte på henne, såg jag henne. Medan jag lät fotgängaren gå över gatan, såg jag henne promenera på promenadstråket vid sidan av vägen. Men mamma såg inte mig genom vindrutan för hon var fullt upptagen med att gå i armkrok med en främmande man. Och de gick väldigt nära varandra.

Jag drog efter andan för jag insåg plötsligt att jag kände igen mannen. Alvar Nordsund var disponent på Lillböle gård i närheten av Fiskars och jag hade träffat honom några gånger under mina tidigare brottsutredningar. Det var Alvars son Axel Nordsund som hade fått tre fjärdedelar av det arv, som Lillböles ägare hade utfärdat i sitt testamente. Alltså den förmögenhet, som Maria von Dunderholm till en fjärdedel hade beordrat åt mig.

Hur kunde det vara möjligt? Antagligen hade Alvar alldeles nyligen blivit pensionerad. Hade han bestämt sig för att söka en kvinna åt sig nu, efter alla dessa år som han hade ägnat åt sitt arbete på Lillböle gård? Och mamma? Hade hon beslutat sig för att lämna en änkas ensamhet bakom sig nu, nästan två år efter att pappa hade dött? Och angick det mig överhuvudtaget?

De såg ut att trivas tillsammans. Som ett nyfunnet par. Som Anna och jag hade trivts tillsammans för över ett år sedan. Ända tills allt falnade.

Ingen bil väntade bakom mig, men jag susade ändå snabbt iväg. Jag ville inte samla blickarna på mig. Jag ville inte att mamma och Alvar skulle se mig. Även om det skulle ha behövts ett blixtnedslag för att de skulle märka något annat än varandra.

Några kvarter gick bra, men vid nya begravningsplatsen måste jag köra av från Raseborgsvägen. Jag var tvungen att sitta en stund för mig själv på parkeringsplatsen och samla mina tankar. Tryggt bakom ratten på pappas gamla bil. Vad skulle pappa ha tänkt om mammas beteende?

Det var en töntig tanke. Naturligtvis skulle han ha godkänt det. Han hade varit överlycklig om han hade vetat att mamma levde vidare istället för att tyna bort som en sörjande änka. Det var ingen tvekan om det. Nej, jag kunde inte överföra min egen chock till någon annan. Det var mig det var frågan om i de här tankarna. Var jag upprörd över att mamma hade hittat lyckan just när jag hade förlorat min?

Men vad såg hon i Alvar? Han var visst några år yngre än hon, eftersom han nyligen hade blivit pensionär. Eller var han ännu i arbetslivet? Skulle den yngre mannen föra med sig ännu större hjärtsmärtor åt mamma än vad förlusten av pappa hade gjort? Tog jag för givet att mammas och Alvars romans inte skulle hålla? Var alla förhållanden till yngre partners dömda att misslyckas bara för att mitt förhållande med den yngre Anna hade lett till denna katastrof, som jag nu höll på att reda ut?

Jag suckade och grep ett kraftigt tag om ratten. Var jag redo att köra vidare? Hem till min trygga bostad i Helsingfors? Min blick flöt över stenmuren till gravgården och jag såg de oändliga raderna med minnesmärken över döda själar. Min sida av stenmuren symboliserade livet och framtiden, medan andra sidan var full av minnen från det förflutna. Var jag redo att åka vidare till framtiden, som kanske saknade Anna Tschäder? Hur hade mamma lyckats gå vidare mot framtiden utan att pappa var med henne? Hade Alvar Nordsund något som pappa inte hade haft?

En sak var säker. Jag var inte redo att konfrontera mamma ännu. Varken om Alvar eller om Anna. Men det fanns en person som kanske kunde hjälpa mig i mina tankar om den nya vändningen i min familjs öden.

Ett välbekant namn i min mobiltelefons adressbok lyste snart upp telefonens skärm och till min glädje svarade han. En stund senare körde jag längs åsens rygg mot Karis.

*

Omfartsvägen ledde mig runt Karis och snart var det dags att välja Forsbyvägen för att komma in till Billnäs. Den sandiga åsens tallar byttes ut mot blandskog och jag såg skymten av blommande blåbärsris. Jag kunde bara föreställa mig surret från bin, som intresserade sig för blommorna. När jag var liten hade vi ibland besökt fasters gård i Skogböle i Pojo. Det hade varit en äkta skogstomt, där varken nyttoväxter eller blommor trivdes. Men blåbärsris hade det funnits rikligt av och om sommaren hade gynnat blåbären, var skogen full av dem senare under sommaren. Under en veckas tid i slutet av maj hade skogen i Skogböle varit otroligt vacker i all blåbärsblom. När jag körde längs en liknande blåbärsskog nu i Billnäs, saknade jag barndomens problemfria somrar mera än någonsin.

Efter en stund bredde Billnäs bruk över mitt synfält. Brukets gamla fabriksfastigheter fanns nedanför den sluttning, där Forsbyvägen mynnade mot Bruksvägen. Byggnadsapoteket, som sålde reservdelar till gamla byggnader, blev på min vänstra sida och alla gamla fabriksbyggnader såsom finsmedjan blev på högra sidan. De gamla rödmålade arbetarbostäderna liknade dem jag hade sett föregående dag i

Fagervik och under hela min ungdom i Fiskars. Ett kort broavsnitt förde mig över Svartån, som strömmade hela vägen från Svartå bruk genom Karis och Billnäs, för att sedan fortsätta genom Åminnefors bruk ut till Pojoviken.

Åns norra sida dominerades av det gamla Sädesmagasinet, som med sitt inhuggna årtal 1778 hade välkomnat besökare i århundraden redan. Årtalet påminde mig också om den rivalitet som Billnäs bruk i alla tider hade upplevt med Fiskars. Vilket bruk hade varit mäktigare? En sak var säker. Billnäs hade grundats 1641, medan Fiskars var åtta år yngre. Det faktumet hade retat mig i min ungdom även om jag inte hade haft några vänner från Billnäs. För Billnäs-barnen hade haft en egen skola, vilket Fiskars-barnen såsom jag inte hade fått njuta av.

Vid disponentvillan delade Bruksvägen på sig så att Hammarsmedsvägen gick till höger, men jag följde Billnäs allén till vänster. Där fanns de gamla stallen och ladugården, men också den trädgårdsskola som i tiderna hade varit en pionjär i hela Finland. Jag körde vidare mot det avtag som skulle ha fört mig till Pojo, men strax innan det körde jag till höger och mot en sorts provisorisk hall, som hade byggts i skymundan från turisters skönhetssökande blickar.

Axel Nordsund hade en gång förklarat sin bilverkstads läge och jag hade redan då förstått var den var. Nu hittade jag den lätt när jag hade kommit för att leta upp honom.

Mannen som kom gående i en smutsig overall och oljigt ansikte var inte långt över 20 år, men arvtagaren hade sin framtid redan väl utstakad för sig. Han såg ovanligt bra ut och det hade varit en av nyckelfaktorerna i ett av mina första fall. Axel Nordsund hade sällskapat med Linnea

Flytmarsch under hela den tid som jag hade känt det unga paret.

"Jonas!" sade den unga, stiliga mannen med ett brett leende. "Länge sen sist."

"Och mycket har hänt sedan senast", svarade jag torrt. "Sofia Andersson drog tillbaka sin rättelseyrkan på Maria von Dunderholms arvutdelning och vi två blev rika på kuppen."

"Alldeles", svarade Axel. "Pengarna kom på mitt konto för två veckor sedan. Som du ser jobbar jag precis som förut som bilmontör, för jag har väl knappt förstått ännu vad som egentligen vilar på kontot."

"Stämmer, och det var tur för mig, för annars hade jag inte vågat störa dig så här på en lördag. Tänkte att du tillbringade den med Linnea."

"Det här var ett nödfall, vilket bilreparationerna oftast är. Så jag jobbar några timmar och åker sedan hem till Lillböle."

"Bor din pappa där ännu?" frågade jag försiktigt.

"Alltsedan ägarna dog har han fortsatt med att sköta gården och huset. Även jag har hjälpt till. Men det är nog tydligt att han vill pensionera sig. Så vi måste göra ett beslut om vår och Lillböles framtid snart."

"Kommer du att sälja Lillböle?"

"Jag vet faktiskt inte ännu. Maria von Dunderholms testamente gick ut på att Lillböle gård skulle gå till mig och därutöver fick jag en hel del kontanter för att sköta gården. Hon önskade säkert att jag skulle behålla gården, men det finns inget juridiskt hinder för att jag skulle sälja den. Men som sagt, jag vet inte ännu."

Under min barndom hade jag tillbringat mycket tid på Lillböle herrgård, för min bästa vän Hubertus von Dunderholm hade bott där. Men nu var alla von Dunderholms döda och även jag hade nästan fått sätta livet till på gårdens ägor. Jag hade inga passioner om vad som skulle ske med Lillböle gård. Det låg i andras händer. Men, jag var fortfarande nyfiken på var Axels pappa, Alvar Nordsund bodde och vad han gjorde.

"Så din pappa har inte börjat titta omkring sig efter ett nytt hem ännu? Ifall du och Linnea vill slå er ner där?"

"Det finns nog rum för oss alla där. Men varför är du så frågvis om min pappa?"

Axel tittade förbryllat på mig medan han svepte en oljefläck från sin panna. Jag hade svårt att se honom i ögonen.

"Visste du att han har något på gångs med min mamma?"

Axel skrattade till.

"Naturligtvis. Och jag är överlycklig över den saken. Du har ingen aning om hur länge sedan det är som pappa har lagt sin tid och själ på en kvinna. Som du vet är det ju åratal sedan min mamma dog och han har inte berättat om någon annan kvinna sedan dess. Tills nu."

"Okay", sade jag vagt.

"Det är väl okay för dig?" frågade Axel oroligt. "Jag förstår att det är bara en kort tid sedan din pappa dog, men ändå? Din mamma är ju ingen bortvissnad böna precis, utan fortfarande full av liv."

Jag stirrade på den unge mannen. Visserligen hade jag inte sett min mamma helt nedbruten, men ändå hade jag svårt att tänka på henne som en livskraftig bönstjälk.

"Vet du hur de träffades?" frågade jag försiktigt.

"Jasså, du har inte diskuterat med din mamma om saken ännu", sade Axel med en gäckande röst. "Det var faktiskt via en kontaktannons. Han sökte och hon svarade. Och när de sedan träffades märkte de att de hade känt varandra avlägset från tiden då dina föräldrar ännu bodde i Fiskars. Och från tiden då vi hade flyttat in som disponentfamilj på Lillböle. Därefter hade de diskuterat din länk till Lillböle och även det som de visste om dina brottsutredningar."

"Man kan tydligen säga att det är diskussionsämnet Jonas Österfelt som har svetsat dem tillsammans", sade jag torrt.

"Det kan man kanske säga", skrattade Axel på sitt säregna problemfria sätt, som jag ofta avundades. Så ung och så lite att bekymra sig över!

"Okay, jag kanske var lite spontan och hetlevrad när jag kom hit för att diskutera ämnet med dig", erkände jag. "Jag bara upptäckte deras förhållande av en slump för en timme sedan när jag körde i Ekenäs. Och jag ringde dig med en gång. Jag får helt enkelt smälta det."

"Nå, det borde väl vara lättsmält. Tänk att även äldre människor får en ny lyckochans. Det är något att vara glad över. Tänk att de som änkor och änklingar inte är tvungna att hitta någonstans att försvinna utan att de istället får leta efter en ny lycka!"

"Du och förnuftet har helt rätt", sade jag. "Jag försöker övertala också känslorna om den saken."

"Mina känslor väntar nu i Lillböle i form av en Linnea och förnuftet säger att jag skall slutföra arbetet här med att skruva fast ännu några bildelar."

"Alldeles", sade jag och gick mot bilen. "Jag skall köra till Helsingfors ännu med pappas gamla bil. Den har fungerat utmärkt bra, delvis tack vare dina mekanikertalanger."

"Det är bra då. Hoppas att allt är bra med din brud också. Var det Anna Svan som hon heter?"

"Inte Svan utan Tschäder. Allt är nog bra."

Jag vet inte varför jag ljög för den unge mannen. Något i mig borde erkänna att jag inte ville vara en martyr, att jag inte ville förklara, att jag inte ville erkänna att jag hade schabblat bort Anna, att hon kanske var i fara utan att jag gjorde något åt det, att jag var förbannad och att jag inte ville att någon skulle tycka synd om mig. Men det var inte något av de orsakerna. Det var min cynism som fick mig att ljuga för honom. Jag var säker på att det unga paret en dag skulle få uppleva en skilsmässa precis som vi andra dödliga fick uppleva. Jag ville inte att unga, stiliga, nyrika, lyckliga Axel Nordsund skulle behöva se eller höra något cyniskt, då jag berättade för honom att Anna Tschäder inte fanns i mitt liv längre. Kanske det trots allt var ett tecken på att jag inte var cynisk, då jag ville skydda honom från cynism.

Jag vet inte om det var min trötthet, chocken över mammas nya förhållande eller saknaden av Anna som fick mig att snyfta när jag körde förbi Lärkkulla mot väg 51 och Helsingfors. Eller om det var värmen av att ha sett glädjen i en ung mans liv. Men när jag körde förbi Ingå byttes de torra snyftningarna ut mot ett ordentligt tårflöde.

Det kändes som om jag lämnade något avsevärt bakom mig i Västnyland, när jag närmade mig Helsingfors.

KAPITEL 11

Söndag

När jag cyklade genom Majstads strandpark förbi Gammelstadsfjärden, tittade jag ännu en gång upp mot våningshuset, där Annas balkong skymtade. Trots att jag besökt hennes tomma lägenhet för några minuter sedan, hoppades jag ännu på att se henne bakom gardinen, eller på balkongen. Men nej. Jag hade inte sett några som helst tecken på att Anna skulle ha besökt sin lägenhet under dessa veckor. Hennes krukväxter hade varit i ett desperat behov av vatten och jag hade gett dem förstahjälp. Om hon hade försvunnit av egen fri vilja, varför ville hon mörda sina blommor?

Föregående kväll hade jag lyssnat på någons snyftanden i mitt badrum. Ventilationskanalerna hade fört med sig ljuden från någon olycklig grannes lägenhet. Det hade känts som om jag borde göra något men jag visste inte ens vem det gällde i vårt stora våningshus. Jag undrade om även Anna snyftade någonstans, som en fånge.

Efter badrumsepisoden hade jag somnat i soffan framför min television. Mitt sista minne var av ett reality-program, där kändisar manipulerades att bryta upp med sin käraste.

Många söndagsflanörer gick omkring i solskenet och i den svala havsvinden vid fjärden. Namnet Majstads strandpark roade mig lite för vi var redan inne i juni. Jag insåg dock att min humor var ytterst bristfällig, då jag inom mig smakade på namnet Junistads strandpark. Eller

Decemberstads strandpark.

Min cykel rullade trofast över bron för lätt trafik, som stolt vakade över Vanda ås utlopp i Gammelstadsfjärden. Jag fortsatte längs Åminnevägen och Idviksvägen mot Viks åkrar. Det såg ut som om jordbruk och djurskötsel hade följt mig vart jag än gick de senaste dagarna. På min högra sida tornade Fårholmen upp och jag undrade om får hade betat på ön under gamla tider. På samma sätt som kvigor hade betat på Kvigholmen hundra kilometer västerut. I Ingå.

Helsingfors visade igen en gång sina allra bästa sidor. Vårsolen gassade och det såg ut som om grönskan hade blivit allt mera intensiv under de senaste dagarna. Vid Arabiastranden hade jag sett ungdomar med vita mössan, så jag antog att skolavslutningen hade ägt rum dagen innan, på lördagen. Betydde det att våren i själva verket var slut? Att sommaren hade anlänt?

Det kommande mötet oroade mig. Hur skulle jag fråga Torbjörn Björkblad om händelserna för 30 år sedan? Skulle jag överhuvudtaget möta honom? Var han hemma eller på resa? Jag hade inte ringt upp honom, utan bara lagt hans adress på minnet efter min pratstund med Ekenäs-polisen. En adress alldeles invid Lahtis-vägen i stadsdelen Rönnbacka.

Viksvägen förde mig allt närmare det stora köpcentret, som tydligen betjänade alla de nyinflyttade på Viksbackens nya bostadsområde. Jag svängde till Rönnbackavägen och beundrade det runda, vackert blåa Viks campusbibliotek. Efter Ladugårdsbågen svängde jag in i farledstunneln under Lahtisvägen och plötsligt befann jag mig i Rönnbacka. Fältstensbågen, där Torbjörn Björkblad bodde, skulle vara direkt framför mig. De dystra, gråa våningshusen vittnade om ett 70-tal med snabba byggen. Längre bort stod de tio år äldre gigantiska kolosserna, som byggts för en snabbt växande huvudstad och dessa fula hus betraktades ironiskt nog som rentav värdefulla nuförtiden.

Mitt bland alla dessa monument för massboende fanns ett litet område med egnahemshus, eller snarare parhus för två familjer. Fältstensbågens egnahemshuskvarter skyddades mot Lahtis-motorvägens buller av en väl kamouflerad skyddsvall, men ett ständigt, dämpat buller ekade ändå över hela området. I ett av dessa hus bodde Björkblad med hans nuvarande familj.

Min blick seglade från postlådornas ena nummer till den andra tills jag stod utanför Björkblads bostad. Paret var ute på gården och jag kände mig perplex. Hur skulle jag prata med Torbjörn Björkblad om hans tidigare liv utan att hans nuvarande hustru skulle känna sig påträngd? I sitt eget hem? De petade i marken i söndagsvädret och hoppades tydligen på att det inte skulle bli någon överraskande nattfrost längre. Några planterade sommarblommor såg bortkomna ut i den nyspridda myllan.

Mitt fåraktiga beteende alldeles invid deras port lockade Torbjörn Björkblads blick och han steg upp från planteringarna. Till min lättnad stannade hans hustru i trädgården och jag försökte välja mina ord väl.

"Torbjörn Björkblad?" frågade jag och räckte handen.

"Ja", svarade han med en misstänksam min. Han räckte mig inte sin hand.

"Jonas Österfelt heter jag", svarade jag försiktigt på svenska. "Jag är privatdetektiv och reder ut Anna Tschäders försvinnande. Är hennes namn bekant?"

"Du vet säkert att det är bekant för mig", grymtade han. "Annars skulle du inte vara här. Men vad menar du med att hon är försvunnen? Varför kontaktas jag av en detektiv och inte av polisen?"

"Vi vet inte om hon har försvunnit av egen fri vilja eller om hon har blivit bortrövad. Därför vill vi inte göra en officiell försvinnandeanmälan ännu."

"Och vem är i praktiken vi?"

"Det kan jag inte säga", svarade jag förläget. "Men jag letar efter spår som har med Annas barndom att göra, och det är där som du kommer in. Får jag ställa några frågor om dina kontakter till familjen Tschäder?"

"Nå fråga då, men inte alltför länge. Jag koncentrerar mig på nutiden, och inte på gamla saker som skett för 30 år sedan. Igår blev min dotter student."

"Gratulerar", sade jag perplext och tittade ordentligt på Torbjörn Björkblad. Han såg ut att vara lite äldre än jag. Han måste ha varit i 20-årsåldern för 30 år sedan, när han nästan blivit far för första gången. Nu hade han två döttrar, som snart skulle flyga ut ur hemmet vid Lahtisvägen i Rönnbacka.

Själv skulle jag knappast få ett barn. Och Anna ville inte ens ha ett barn. Det kändes konstigt att tänka att även jag kunde ha ett barn, som var nybakad student. Jag skulle till och med kunna vara farfar eller morfar i min ålder! Ändå kändes det som om det var alldeles nyligen som jag blev student själv.

Jag mindes med obehag en episod i Helsingfors, då en liten flicka i en livsmedelsaffärs kassakö hade kallat mig för farfar. Inte för farsgubben eller pappsen, utan farfar. Bakom mitt uppspelta leende hade jag lovat mig själv att inte längre skaffa barn som en man i farfars ålder.

"Nåväl", fortsatte jag och lutade målmedvetet mot min cykel som för att koncentrera mig på Torbjörn. "Du var alltså gift med Alexandra Tschäder, Annas mamma?"

"Ja, det var en tokig tid. Vi träffades, vi förälskade oss, vi gifte oss och skiljde oss. Allt inom loppet av tre månader. När jag besökte Alexandras mamma och Alexandras dotter Anna på Kvigholmen, kändes det omedelbart som om jag hade gjort ett misstag. Vi kom överens om att det inte skulle bli något med vårt äktenskap och jag flyttade från Ingå till Helsingfors. Här byggde jag upp ett nytt liv."

"Vad menar du med att allt kändes som ett stort misstag på Kvigholmen?"

"Har du varit där? Ön känns som ett omöjligt ställe att leva på. Genom alla fyra årstider. Men ändå gjorde de det. Tre kvinnor ur tre generationer. Det verkade som om det inte fanns en plats för mig där. Jag skulle alltid vara beroende av dem, och deras överlevnadstalanger skulle alltid överträffa mina. Jag var som den där tjuren som skeppas över till en ö med kor, och tjurens enda uppgift är att befrukta honorna. Det bara kändes så."

"Jag tror jag förstår", sade jag tankfullt. "Men efter att du hade flyttat från Ingå, meddelade Alexandra någonsin att hon väntade ditt barn?"

"Ja, det gjorde hon nog. Men hon poängterade också att hon ville bli ensamförsörjare till barnet, på samma sätt som hon redan då var mor åt Anna. Och det passade nog en ung man som jag. Som hade valt att starta ett nytt liv i en ny stad."

"Visste du då att Alexandra hade vunnit pengar och att hon hade köpt hela Kvigholmen?"

"Ja, hon berättade det nog under mitt besök på holmen. Jag frågade naturligtvis varifrån alla pengar hade kommit. Speciellt då det där huset byggdes för fulla muggar under just den tiden."

"Var det kanske skrämmande att din hustru visade sig vara välbärgad?"

"När jag var ung betydde pengar ingenting. Jag var en idealist och såg gärna mot en framtid som inte var nedsmutsad med pengar. Men allt det ändrades förstås många år senare när jag var mognare och hade en ny familj."

Det sista sade han med en blick mot sitt nya hem, egnahemshuset i Rönnbacka. Hans hustru tittade på oss, och hon nickade mot mig, när våra ögon möttes. Utan att komma fram för att presentera sig gick hon in i familjens hem.

"Hur fick du kännedom om olyckan?"

"Gerda Tschäder ringde mig och berättade den förskräckliga sanningen. Att min före detta hustru hade ramlat i trapporna och att hon hade dött. Och på samma gång hade min ofödda son fått sätta livet till. Det var omöjligt att förstå. Även om jag inte hade tänkt vara en aktiv part i familjen, hade jag ändå förlorat mitt eget kött och blod. Det var tunga tider."

”Vet du något annat om olyckan?”

”Nej, polisen fastställde att det var en beklaglig olycka. Alexandra snubblade i trappan. Gumman Gerda blev ensam med sin treåriga dotterdotter.”

”Du funderade aldrig på att föra Anna bort från ön? Till bättre förhållanden hos dig, hennes styvfar?”

”Nej, aldrig. Under min korta tid på Kvigholmen fick jag aldrig någon kontakt med lilla Anna. Och hur skulle jag ha fått det? Hon var bara tre år då och jag har inte träffat henne sedan dess. Hon minns knappast ens mitt utseende.”

”Visste du att hon bor här i Helsingfors? Vid Arabiastranden, bara några kilometer härifrån?”

”Hon flyttade från Ingå?”

”Ja, men hennes mormor bor fortfarande på Kvigholmen.”

”Alexandras mamma lever ännu?” utropade Torbjörn Björkblad häpet. ”Vilken krutgumma! Hon måste väl vara över 80 år vid det här laget.”

”Stämmer”, sade jag. ”Men om vi ännu återgår till olyckan. Funderade du aldrig vem som dog först, ditt barn eller Alexandra? För det är ju trots allt avgörande i arvsföljden. Om Alexandra hade dött först, skulle du ha ärvt hälften av Kvigholmen via din ofödda son.”

”Men så skedde inte. Barnet dog först och Alexandra sedan. Och jag skulle inte ha behövt Kvigholmen till någonting. En främmande ö.”

”Du kunde ha krävt att den såldes, så att du skulle få din andel i pengar.”

”Det blev inte så.”

”Om en liknande situation skulle ske nu, skulle du vända alla stenar för att kolla i vilken ordning mor och barn dog?”

”Möjligen. Men det är bara en teoretisk tanke. Det börjar kännas som om du misstänker mig för något? Tror du att jag har något med Annas försvinnande att göra?”

”Innan Anna försvann, hade något konstigt skett i hennes lägenhet. En dag, medan hon var borta, hade någon varit i hennes bostad och lämnat fem torra björklöv på hennes golv.”

”Varför det?” frågade Torbjörn häpet.

”Den enda förklaring jag kan tänka på är att det antingen skall peka mot ett visst håll eller att förövaren ville skrämma Anna. Och björklöv får mig att tänka på björkblad. Kanske Torbjörn Björkblad.”

”Jag förstår. Men faktum är att jag inte ens har tänkt på familjen Tschäder på årtionden. Jag har en ny familj och jag har inget groll med det gamla. Om Anna skulle gå förbi här på gatan, skulle jag inte ens känna igen henne.”

”Jag har inga spår efter henne. Jag måste följa alla ledtrådar som finns tillgängliga.”

”Jag förstår det också. Men jag tänker inte bjuda in dig i mitt hem för att försäkra dig om att hon inte finns här.”

”Jag tror dig nog. Det gäller att hitta andra spår. Men säg helt ärligt, är du alls intresserad av om Anna blir funnen eller inte?”

"Ärligt sagt, nej. Som sagt, Tschäder och Ingå är i mitt förflutna. Här är min nutid och framtid."

"Men det sade du säkert även åt Tschäders när du gick så långt att du gifte dig med Alexandra Tschäder?"

"Det var då", sade Torbjörn med en irriterad röst.

"Har du verkligen förändrats?"

"Jag tycker att du kan dra dit pepparn växer." Annas styvfars irriterade röst fick en allt intensivare skärpa.

"Jag kommer just från Indien, där pepparn växer."

"Sök dig någon annanstans att försvinna då!"

Torbjörn Björkblad nickade åt mitt håll med en min, som inte avslöjade vad han tänkte. Han vände sig mot sitt hems ytterdörr och utan att säga farväl gick han in, där hans hustru väntade.

De förbisusande bilarnas ljud stegrade igen. Motorvägen hade låtit relativt dämpad under vår pratstund. Nu var det dags att återvända till Vallgård och mitt hem. Med min cykel.

*

På hemvägen ville jag stanna vid Gammelstadens forsar. Sitta på det färska, gröna gräset och grubbla över mitt nederlag. Ge upp. Låta Anna gå. Låta polisen ta över. Glömma kvigan.

Trots vårt intensiva ordbyte, var jag övertygad om att Torbjörn Björkblad inte hade något med Annas försvinnande att göra.

Vid Katarina av Sachsens väg vek jag av mot Vandaåns forsar och gräsmattorna kring åns mynning. Utsikten mot Kungsgårdsholmen med Tekniska muséet på ena sidan och Kraftverksmuséet på andra sidan påminde om de västnyländska bruken och de forsar, som varit livsviktiga för brukens främsta funktioner. För århundraden sedan. Några gamla byggnader i röda tegel hade lämnats kring forsarna och även de påminde mig om Fiskars gamla smedjor. Jag kände mig hemma vid Gammelstadens forsar och jag försökte minnas hur jag handskats med alla de besvikelser som jag upplevt som barn vid Fiskars byggnader. Besvikelsen, då jag förstått att julgubben inte fanns. Besvikelsen, då min förstakärlek inte hade besvarat mina känslor. Besvikelsen, då mammas och pappas arbetsplatser hade försvunnit från bruket.

Jag hade kommit till den punkt då det var dags att ge upp. Jag skulle inte hitta Anna Tschäder. Jag behövde hjälp med uppdraget och det betydde att jag måste ge över fallet åt myndigheterna. Det var dags att officiellt anmäla Anna som försvunnen. Stefan Rundberg hade gett mig rådet att göra det vid polisstationen på den försvunnas hemort. I Helsingfors.

Annebergs gamla rödmålade arbetarbostäder hade renoverats och tornade upp på kullarna ovanför Arabia och Gumtäkt. Det var en spännande tanke, att Helsingfors stad hade grundats någonstans där uppe på kullen, hundra år efter att bruken i Pojo hade grundats.

Jag kände mig hemma utan att vara hemma. Det var dock dags att ruska om tanken. Mitt hem var inte långt från Gammelstadens forsar. Det befann sig i Vallgård, på några minuters avstånd med cykel.

Vänta. Min hjärna formade en tanke, som fick ett eget liv. Som om tanken försökte pressa sig ur sitt hem i min skalle.

Ett hem. Och ett reservhem. Var skulle Anna befinna sig om hon inte var hemma i sin bostad vid Arabiastranden? Vilket vore hennes reservhem? Jag hade tagit för givet att hon befann sig i sin mormors hem på Kvigholmen, om hon inte var hemma i Helsingfors. Om hon alltså hade försvunnit av egen fri vilja. Därför hade jag åkt till Ingå för att se det hemmet. Men tänk om...? Kunde det vara möjligt?

Några fiskare slungade sina kastspön mot vattenytan nedanför forsarna i hopp om att få en fisk på kroken. Det kittlade i mina fingertoppar. Det kändes som om jag höll på att få napp. Kanske det fanns en möjlighet ännu.

Jag fiskade fram min pekplatta från ryggsäcken och kopplade på den. Med några fingerrörelser hade jag kört igång en karttjänst på Internet och letade fram mitt mål. Jag zoomade in det närmare och närmare för att få en bättre överblick av det jag sökte. Med mina fingertoppar förstorade jag mitt mål för att se det bättre. Jag var verkligen nöjd över pekplattans egenskaper, för jag behövde inte använda mina läsglasögon med den. De glasögon, som påminde mig om min försämrade syn. Och om den ålderdom som närmade sig med en accelererande fart.

Och jag hittade det.

Vanda ås forsar såg lika ut som tidigare. Men jag hade förändrats på några sekunder. Våren hade fått träden att grönska ännu mera än några timmar tidigare, men inom mig kände jag höst.

Jag tittade på mitt armbandsur och bestämde mig för att resa iväg. Historien med den försvunna flickvännen skulle ta slut redan samma kväll.

KAPITEL 12

Det var årtionden sedan jag hade rott senast, men det tycktes ändå gå någorlunda väl. Rätt ofta fick jag korrigera riktningen men det gjorde inte mycket, för det var inte en lång roddfärd. Jag kände mig som en tjuv, men jag hade fått tillstånd att låna roddbåten. Det hade den vänliga grannen lovat mig två dagar tidigare, när han rott mig över till Kvigholmen.

Det var långt på eftermiddagen, men jag skulle inte stanna länge. Det var jag övertygad om. Jag skulle ro båten tillbaka till fastlandet innan kvällsmörkret och köra tillbaka till Helsingfors. Det blev dock knappast mörkt så här nära midsommarafton. Skymningen var dock det minsta av mina problem. Jag var på väg till självaste mörkrets hemvist. Kvigholmen.

Roddbåten träffade det mjuka havsbottnet och jag hoppade över till skogsbrynet mellan Tschäders båda roddbåtar. Med en djup suck började jag den korta promenaden genom skogen till den glänta, där Gerda Tschäders hus vaktade över de tomma betesmarkerna. Över tider som gått och som aldrig skulle återvända.

Några minuter senare tittade jag mot det rödmålade huset med dess trädgård och ladugård. Jag fnös för mig själv. Vilket skådespel! Vilken rekvisita! Varför hade jag inte förstått tidigare att allt var en fasad? Att det var lika meningslöst som ett jordbruk utan kreatur och sådd.

Gerda Tschäder dök upp på sin trappa och hon såg frågande ut. Kanske till och med lite skrämd över att jag var där igen, bara två dagar efter mitt tidigare besök. Men när hon såg min förgrymmade min, verkade hon förstå att skådespelet inte behövde fortsätta. Hon läste från mitt ansikte att jag förstod allt. Hon accepterade situationen och utan att säga något pekade hon mot skogen. Jag visste att hon visste att jag visste. Utan att säga något gick jag dit hon pekade, förbi generatorn och brunnen.

En stig visade att jag var på rätt väg. Jag steg in i en del av den skog, som jag inte hade tittat närmare på under mitt tidigare besök. Hade Gerda manipulerat mig att gå till en helt annan del av skogen, när vi hade gått ut till den vackra klippan vid vattenbrynet? Så att jag inte skulle frestas att studera även andra delar av ön?

Långsamt gick jag längs stigen som om jag var på väg till en skatt och där passagen var fylld av fällor. Jag sniffade i luften som om jag förväntade mig att känna en bekant lökdoft. Allt jag kände var frisk havsdoft blandad med tall och färska blad på lövträd. Fåglarna kvittrade intensivt. Det lät som om jag var omringad av papegojor och mitt i ett rafflande djungeläventyr.

Och så stod jag vid en glänta igen, men den här var betydligt mindre än den tidigare. Framför mig stod ett likadant rött hus som Gerdas hus. I mina ögon såg detta hus lika skrämmande ut som Norman Bates hem i Psyko. Det här var ett hus som var gjort för någon att försvinna i.

*

Långsamt gick jag närmare huset. Ingen konkret fara vilade där, men ändå kändes det som om hela min existens var i farozonen. Ingen trädgård och inga betesmarker fanns kring huset, men ändå hade det byggts på just den här platsen. I en glänta, som skapats genom att kapa de närmaste träden runt byggområdet. För 30 år sedan.

Ju närmare jag kom huset, desto nyare såg det ut. I själva verket var det mycket nyare än det hus, som Gerda hade presenterat åt mig två dagar tidigare. Det här var det hus, som Alexandra Tschäder hade låtit bygga för 30 år sedan med sina vinstpengar. Det här var det hus, som Bettina Pirinen hade besökt som liten. Det här var det hus, som Alexandra hade byggt åt sig och Anna och inför deras framtid, och här hade hon dött. Det huset hade sedan blivit övergivet, när det inte behövdes längre. Här hade Anna bott som tonåring, när hon hade velat få distans från sin mormor och vardagssysslorna. När hon var för gammal för att bo på andra våningen i mormors hus.

Det här var det hus, vars konturer jag hade sett på den virtuella karttjänsten tidigare samma dag. Jag hade nämligen förstått att det fanns ett annat hem på Kvigholmen än enbart det som jag hade sett under mitt tidigare besök. Jag kunde inte förstå hur dum jag hade varit. Under mitt förra besök hade jag sett ladugården som familjen Tschäders tidigare hem innan det nya hade byggts för 30 år sedan. Jag hade antagit fel att det nya huset hade varit det hus, där Gerda bodde. Men jag borde ha förstått att det måste ha funnits en ladugård också för 30 år sedan och att den inte bara kunde ha försvunnit. Den ladugård som jag hade sett vid betesmarkerna, hade varit ladugården i alla tider, och inte ett bostadshus för 30 år sedan.

Gerda måste ha förstått mitt felaktiga antagande i ett tidigt skede av vår konversation och hon hade valt att inte rätta till det. Hon hade låtit mig förstå att det inte fanns ett annat hus på holmen, för det hade inte gynnat mormor och dotterdotter att jag besökte det huset. Åtminstone just då. För Anna var där då och även nu.

Men nu var jag här. Och jag visste att Gerda inte hade hunnit varna henne. Jag skulle överraska henne totalt. Min försvunna flickvän.

Jag lät bli att knacka på dörren utan istället öppnade jag den och gick in i tamburen. Jag fortsatte in i en identisk interiör som den i det äldre huset och det var lätt att räkna ut var köket fanns. Det var därifrån som jag hörde ljud.

"Maten är väl inte färdig ännu?" hörde jag Annas välbekanta röst. Hon hade inte sett mig ännu.

"För att vara en försvunnen person har du en bra aptit", svarade jag torrt.

Hon tappade inte något i golvet på ett teatraliskt sätt. Hennes hand flög inte upp över munnen för att signalera förvåning eller skrämsel. Hon hickade inte till.

Istället satte Anna Tschäder sig på sin köksstol och visade med handen att även jag skulle sätta mig.

"Jag hade tänkt komma tillbaka till civilisationen imorgon", sade hon svagt utan att se mig i ögonen.

"Det har jag svårt att tro på", svarade jag med en dämpat arg röst.

"Det är sant. Du är tillbaka i Finland och det är bara en tidsfråga innan du skulle ha anmält mig som en försvunnen person. Det ville jag undvika."

"Så jag hindrar dig från att leka försvunnen? Jag är en elak person som hittar dig alltför snabbt när du har beslutat dig för att rymma iväg och gömma dig? Den här gången rymde du inte till din väninnas lada, utan till ditt barndomshem."

"Jag har mina orsaker", sade Anna svagt.

"De orsakerna väntar jag med intresse på att få höra. Min fantasi räcker inte till för att hitta på en orsak till dessa dåd."

"Jag gjorde det för min skull. För vår skull. För din skull."

"Låt dem komma då, en orsak i taget", sade jag gäckande. "Men tro inte att jag kommer att förstå någon av dem. Kom ihåg att en massa människor har mobiliserats i jakten på den försvunna Anna. Och någon stackars sate har rest jorden runt för att leta efter dig."

"Låt mig förklara. Jag förstår att du är förbittrad nu, men du kommer kanske att förstå."

Förargat reste jag mig från stolen så att den nästan föll bakåt. Jag gick ut ur köket och blickade upp mot trappuppgången mot den identiska vind, som jag hade sett i det andra huset.

"Var det i dessa trappor som din mamma föll? Eller i det andra huset?"

"Här. Du har alltså anat att den händelsen har något med allt detta att göra?"

"Jag förstår att du har haft en svår uppväxt. Men jag hade aldrig förstått att du var så knäpp att du kokade ihop en sådan här lögn och en sådan här plan, som jag fortfarande inte vet vad den hade för syfte."

Jag satte mig tillbaka på stolen, och lade mina armbågar på ett trotsigt sätt på bordet.

"Det kändes som om jag inte hade något annat val", sade Anna olyckligt. "Jag måste göra det så här."

Jag betraktade min flickvän. Eller före detta flickvän, för jag visste inte hur jag skulle klassificera henne längre. Hon var långt över ett decennium yngre än jag var, men för tillfället såg hon rätt gammal ut. Hade hon sovit dåligt i sitt gamla barndomshem? Hade de dagsklara nätterna hållit henne vaken på samma sätt som jag led av insomnia? Hade hon sämre tvättmöjligheter här på Kvigholmen än i Helsingfors? Antagligen.

Men hennes ögon såg ut att lida mest. Hade hon smärtor? Yttre eller inre? Eller led hon av det som hon hade utsatt mig för?

"Vad det än är som du har kokat ihop, har det tydligen din mormors godkännande?"

"Hon är lojal. Jag har berättat allt för henne och hon stödjer mig. Precis som man bör göra i en familj."

"Jag kom hit för att fråga henne om ditt försvinnande och hon gav mig bara halvsanningar. Hon respekterar mig inte särskilt mycket."

"Hon gjorde det för min skull. Klandra inte henne, Jonas."

"Nåväl, berätta nu. Börja med mig. Du sade att du gjorde det för min skull, Anna."

"Alltsedan jag träffade dig för ett år sedan, har jag varit imponerad av din stora vilja att göra något. Du var arbetslös men ville vara privatdetektiv för att få sysselsättning. Du har inte haft särskilt många uppdrag men du brinner av iver att få göra något. Så jag ville skapa ett uppdrag åt dig."

"Det var det galnaste jag har hört på länge", fnös jag. "Du försvann för att jag skulle bli sysselsatt?"

"Delvis ja. Men jag ville också tvinga dig att fundera på nya sätt att sysselsätta dig. När jag frågade dig vad du har för drömmar, kunde du inte svara."

"Det här är i varje fall inte min dröm."

"Men du tycks inte förstå att du har betydligt större resurser nu. Pengar att använda för dina drömmar."

"De finns där på kontot och väntar på rätt tillfälle att bli använda."

"Men din dröm var ju att få resa. Och jag vill inte resa. Därför ville jag tvinga dig att åka ut i världen för att resa."

"Det här är ren och skär galenskap", suckade jag. "Förstår du inte att den här resan till Kina, Indien och Sydafrika inte var ett nöje precis. Jag var sjuk av oro för din skull. Hur skulle jag kunna njuta av min resa när du var försvunnen? Lyckligtvis satte jag punkt för galenskapen vid Buenos Aires och vägrade att åka dit."

"Indien? Vad gjorde du där?"

"Någon lurade mig dit med en så kallad vittnesbörd om att du hade blivit sedd i Delhi."

"Oj. Det var inte en del av planen. Förlåt."

"Ber du om förlåtelse för bara det som du inte hade planerat? Känner du dig inte alls skyldig till allt det som du planerade?"

"Du behövde ett ordentligt uppvaknande för att du skulle börja leva. Du började vara en avtrubbad, inåtvänd gubbe. Bara under det korta år som jag har känt dig."

"Det börjar kännas som om det enda uppvaknande jag behöver är till ett liv utan galna kvinnor."

"Men jag gjorde det för att vi skulle få det bättre", sade Anna olyckligt.

"Så innerst inne var det en självisk tanke", sade jag hätskt. "Då jag hade blivit en tråkig, avtrubbad gubbe, ville du krydda upp det hela med lite dramatik?"

"Vi båda behövde det."

"Det är under tillfällen som dessa som jag känner av vår åldersskillnad. Kanske jag är lite gammal, men just nu är du verkligen naiv. En liten, barnslig flicka som vill ha lite dramatik och som går till extrema åtgärder med det."

"Någon måste ta till aktiva åtgärder. Annars falnar allt utan att någon gör något åt det."

"Varför har jag en känsla av att normala parförhållanden åtgärdar liknande situationer med att köpa något erotiskt klädesplagg för att krydda vardagen?"

"Jag gjorde det för vår skull", sade Anna med ett leende, uppmuntrad av humorn i mitt uttalande.

Anna Tschäder såg lite bortkommen ut. Som om hon hade blivit påverkad av stadslivet och som om hon inte var riktigt hemma i sitt barndomshem längre. Det såg ut som om hon hade magrat under den senaste tiden. Eller hade hon blivit så van vid storstadens livsmedel att den magra kosten på Kvigholmen inte tillfredsställde hennes kropps behov längre? Hennes utseende liknade hennes mormors, och jag undrade om Anna skulle vara en likadan krutgumma som 80-åring som Gerda var.

På sätt och vis såg Anna likadan ut som hon hade gjort när jag hade sett henne första gången, på den där läkarstationen i Helsingfors. Hon hade visat sig vara en likadan enstöring som jag, men också att hon hade ett dramatiskt förflutet. Själv hade jag haft en trygg uppväxt i en kärnfamilj i Fiskars, men Annas barndom och ungdom hade varit rena rama skärgårdsstormen. Hade jag rätt att klandra henne? Var jag besviken på henne för att jag hade trott mig känna henne och att det hade visat sig vara fel?

"Du hade skapat det hemlighetsfulla meddelandet i din lägenhet själv, du hade instruerat sydafrikanen att skicka ledtråden till Kina och du dirigerade ditt försvinnande helt själv. Och avsikten var att mobilisera mig även om meddelandet förbjöd mig att undersöka ditt försvinnande."

"Jag räknade med att du ville undersöka försvinnandet i grund och botten just därför. Att du förr eller senare skule hitta hit till sanningen innan polisens formella undersökningar startade."

"Jag tror dig inte", konstaterade jag lugnt.

"Vad menar du?" frågade hon oroligt.

"Att det var för min skull, eller för vår skull. Det ligger mycket mera i den här historien än så."

Anna svarade inte, men hon tittade forskande på mig. Antingen funderade hon hur mycket jag visste eller hur mycket hon var beredd att berätta.

"Det finns någon speciell orsak till att du gömde dig just här på Kvigholmen. Det finns något i händelserna för 30 år sedan som du inte har berättat. Jag vet redan nu att du hade en ofödd halvbror, som dog. Ett barn, som du aldrig har berättat om. Varför inte?"

Hon svarade inte, utan tittade ut genom fönstret.

"Och jag har besökt din styvfar, Torbjörn Björkblad, precis som du ville. Eftersom du planterade björklöven som ledtrådar i din bostad."

"Det var ett villospår i ditt så kallade uppdrag, ja."

"Han förlorade sin ex-hustru och sitt barn här på Kvigholmen, men han har kunnat gå vidare i livet. Utan dramatiska försvinnanden. Du sa att du försvann för min, för vår och för din skull. Nu är det dags att berätta vad ditt eget motiv är."

"Okay", sade Anna och tittade mot trappan, som om den bar på svaret till allt. "Som du har vetat från första början, var jag tre år när olyckan hände. Jag själv mindes inte mycket av den, så mycket av det jag har berättat var så som det hade berättats för mig."

"Du har berättat att din mamma föll i trappan och att hon dog när ambulanschauffören kom hit till Kvigholmen och att du trott att han skötte henne fel. Det fick polisen att undersöka fallet och de kom slutligen fram till att vårdaren var oskyldig. Så en treårings ord hade en verklig tyngd för 30 år sedan."

"Jag har ett svagt minne av förhören, men själva olyckan minns jag bara lite av. Och under hela min ungdom pratade jag inte särskilt mycket om mammas död med mormor. Vi pressade aktivt bort de tunga tankarna från våra sinnen, båda två."

"Ni pratade inte om din halvbror heller?"

"Nej, innerst inne visste jag att han hade funnits, för det hade berättats åt mig och jag hade sett stenkorset vid graven, men ändå registrerade jag det aldrig. Som om jag blockerade hela det faktumet att fostret hade existerat. Jag tänkte aldrig på honom."

"Varför är det här viktigt?" frågade jag otåligt.

"Efter våra gemensamma, dramatiska händelser i Fiskars för ett år sedan började små minnesbilder från min mammas död så småningom krypa på mig inifrån. Det var ju trots allt på grund av hennes död som vi råkade ut för livsfara för ett år sedan, så det var väl bara naturligt att mitt undermedvetna började processa händelserna för 30 år sedan på ett helt nytt sätt."

"Så under det år som vi har sällskapat, har minnesbilderna sakta men säkert blivit allt klarare och klarare? Och samtidigt har det så småningom tärt på vårt förhållande? Det att vi har blivit avtrubbade har egentligen inte varit enbart mitt fel, utan du har burit på dina egna demoner hela tiden?"

"Precis, alla bär vi på våra problem. Det finns sällan endast en part i ett krisförhållande."

”Och vad är det exakt som du har börjat minnas nu under det senaste året? Från händelserna, då du var bara tre år?”

Hon tittade fortfarande upp mot andra våningen. Trappuppgången ledde till en sorts plattform varifrån man gick in i andra våningens rum. Plattformen skyddades med stiliga korslagda plankor, som såg ut som ett staket. Trappan upp vette mot den enda öppningen i det staketet.

”Mamma var där uppe i det högra rummet”, sade Anna med en tung röst. ”Och jag hade nyligen lärt mig att gå. Nyfiken som jag var hade jag krypt uppför trappan och väntade bakom dörren att mamma skulle komma ut. Och det gjorde hon. Och av någon orsak hade hon bråttom.”

Jag vände om mig för att inte visa hur mina tårar började krypa ut ur mitt ansikte. Det var uppenbart vart historien började luta.

”Först under det senaste året har jag börjat minnas. Hur hennes fot träffade mig, när hon steg ut ur rummet. Hur hon försökte korrigera den förlorade balansen. Hur hennes kropp flög över mig, när hon snubblade över mig. Hur hennes kropp försvann nedför trappan, långt nedåt. Hur hon låg i en märklig ställning vid trappans fot. Hur jag halvt kröp, halvt gick och halvt rutschade nedför trappan för att komma till mamma så snabbt som möjligt. Hur hon viskade åt mig att hämta mormor, så snabbt som möjligt.”

Ville jag höra mera? Antagligen var det en lättnad för Anna Tschäder att avslöja sin stora hemlighet, men det var en börda att höra den. Jag ville fortfarande avsky henne för det hon hade gjort åt mig, men Annas försvinnande var naturligtvis småpotatis jämfört med denna hemlighet. Men det gjorde mig ändå inte lättare till mods.

"Ibland undrar jag om jag hörde henne säga något ännu innan jag sprang eller kröp iväg till det gamla huset, där mormor bodde. Något i stil med "Allt kommer nog att bli bra". Eller "Jag älskar dig, Anna". Eller "Det var inte ditt fel, Anna." Eller vad som helst. Men jag minns inte vad hennes sista ord var. För det var sista gången jag såg henne vid liv. Kanske hennes sista ord var hennes begäran att jag skulle hämta mormor."

"Och som den lilla treåring du var, gick du längs stigen till mormors hus."

"Jag storskrek hela vägen och naturligtvis hörde mormor det i kvällsskymningen. Hon kom springande mot mig halvvägs. Naturligtvis såg hon att något var fullständigt fel. Hon befallde mig hem till henne, medan hon själv rusade till det nya huset, där mamma låg nedanför trappan."

"Vad hände sedan? Du väntade på mormor i hennes hus?"

"Jag satt vid köksbordet och tittade ut genom fönstret mot stigen, som vette mot det nya huset. Efter en stund kom mormor springande, men hon kom inte in i huset. Hon fortsatte längs den stig, som vette mot bryggan. Efter en stund hörde jag henne ropa med en så hög röst att orden ekade över fjärden. Hon skrek till någon som hon såg på fastlandet att ringa efter ambulans."

"Under den tiden fanns inga mobiltelefoner ännu och ni hade ingen fast telefonlinje", konstaterade jag kort.

"Alldeles. Och flera timmar senare anlände ambulansskötaren. Men det var för sent. Både mamma och fostret var döda."

Tystnaden var påtaglig. Tydligen hade hon inget mera att säga. Inget ljud hördes från öns fåglar. Som om de höll en paus i sitt häckande. Inget lockande ljud hördes från hanarna. Ingen gök som gol. Även om det var mitt under den livligaste häckningsårstiden i början av juni.

Försiktigt försökte jag möta Annas blick. Hon tittade inte åt mitt håll, utan hennes sorgliga blick flackade över rummet. Hon såg bortkommen ut, som om hon höll på att vakna från en mardröm och som om hon villrådigt försökte räkna ut vad hon gjorde här. På Kvigholmen.

Några steg närmade sig och de stannade vid ytterdörren. Jag hörde hur dörren öppnades och Gerda Tschäder steg in. Med en orolig blick mot Annas håll satte även mormor Tschäder sig vid köksbordet.

"Allt väl här?" frågade hon försiktigt utan att få något svar av Anna.

"Anna berättade just hur hon som treåring väntade i gamla huset på att hjälp skulle komma åt hennes mamma, som hade fallit i det nya huset. Och att du lyckades skaffa hit den där ambulansskötaren."

"Anna kom hit för en dryg vecka sedan med en önskan om att i lugn och ro reflektera händelserna från hennes barndom. Visst var jag glad över att hon ville tillbringa tid med mig och diskutera de förskräckliga händelserna till grund och botten. Men visst kändes det också lite märkligt att hon ville göra det totalt isolerad från omvärlden och från alla de vänner och bekanta som hon har byggt upp under sitt liv. Men min uppgift är att respektera hennes önskan och det försökte jag göra. Även när du kom med dina frågor, Jonas."

"Jag förstår det och jag klandrar dig inte, Gerda." Jag vet inte om jag lät övertygande eller inte.

"Det var också väldigt överraskande att hon inte mindes så klart den där hemska nattens händelser. Jag visste förstås att hon var väldigt liten när det skedde och att vi inte har diskuterat händelserna särskilt djupt, men ändå var jag lite chockad över att hon var så traumatiserad att hon inte ens mindes det."

"Men nu minns jag nog. Tack vare händelserna för ett år sedan i Fiskars och tack vare möjligheten att få koncentrera mig på minnena här tillsammans med mormor."

"Jag förstår ändå inte varför du inte kunde berätta att allt var bra med dig", påpekade jag. "Varför du inte kunde skona mig från min pina och att inte låta mig oroa för dig."

"Det var för att skuffa dig mot dina drömmar. För att tvinga dig ut i världen och resa. För att inspirera dig med ett detektivfall, utredningen av mitt försvinnande. Medan jag isolerade mig här på holmen."

"Det är inte rätt att göra så", sade jag bestämt. "Då jag kom hit till holmen, måste du ha förstått att jag inte reste längre. Att ditt mål att få mig att resa hade kommit till vägs ände."

"Därför ville jag avsluta min tillvaro och mina meditationer här på holmen. Imorgon, tre dygn efter ditt besök här, hade jag varit beredd att komma tillbaka till civilisationen. Men du hann avslöja intrigen, och återkomma hit redan nu. En dag innan jag hade återvänt till Helsingfors."

"Anna har redan packat sina saker", bekräftade Gerda och pekade på en kappsäck. "Jag skulle ro henne till fastlandet imorgon."

"Och vad hade du tänkt göra i Helsingfors?" frågade jag spydigt. "Dyka upp bakom min dörr och säga "Tadaa, jag är tillbaka" och hoppas på att jag hade haft en bra resa jorden runt?"

"Något sådant, ja", erkände Anna.

"Medan jag hade varit sjuk av oro för ditt välbefinnande?"

"Det kändes som det rätta sättet att agera."

Annas ögon mötte inte mina. Inte heller Gerda tittade åt mitt håll. Hennes ögon var fästa i Annas, som om hon sökte tecken på att Anna behövde hennes hjälp. Jag kände mig utanför, på samma sätt som Torbjörn Björkblad hade gjort när han hade kommit till sin nyblivna hustrus hem här på Kvigholmen.

"Det är något som jag måste fråga er båda ännu", sade jag trött.

"Vad som helst", sade Anna med ånger i sin röst. "Jag är glad över att vi äntligen får lufta ut de här händelserna. Det är verkligen på tiden. För att vi skall komma vidare."

"För tillfället finns det inget vi", konstaterade jag lugnt.

"Men...", sade Anna misstroget.

"Vänta, Anna", sade Gerda med en lugnande röst. "Låt höra vad Jonas vill fråga oss."

"Ett av spåren i den här härvan har gällt arvet. De pengar som Alexandra vann på lotteriet och som hon investerade i Kvigholmen och i det nya huset. När hon och fostret dog, var det avgörande för hela Kvigholmens framtid vem som dog först, Alexandra eller barnet. Om barnet dog först, ärvde Anna hela förmögenheten, men om Alexandra dog först, gick hälften till Anna och hälften till barnets far, Torbjörn Björkblad."

"Och vi vet att barnet dog först", sade Anna med en frågande min. "Det har undersökningarna påvisat."

"Anna lämnade sin mamma liggande i det nya huset för att hämta hjälp av mormor", sade jag med lågmäld röst. "Mormor sprang till det nya huset och där fanns alltså tre personer: mormor, Alexandra och barnet, som tydligen började födas."

"Fostret var dött när det föddes", sade mormor med bestämd röst. "Jag tog själv emot det, medan vi väntade på ambulansskötaren."

"Av tre personer på plats: mormor, Alexandra och barnet själv, är endast en person vid liv längre. Vi har bara ditt vittnesmål om den saken, Gerda."

"Antyder du att sanningen skulle vara en annan?" frågade Gerda med en hård röst.

"Under den mörka stunden förstod ni vad som skulle ske inom de närmaste timmarna. Kanske barnet var vid liv även om ni såg att det inte skulle överleva dagen? Kanske barnets mor insåg vad som skulle ske med Kvigholmen och arvet, om hon inte höll sig själv vid liv tills barnet var dött? Kanske barnets mor insåg att hon kanske kunde göra något åt saken?"

"Påstår du att mormor eller mamma försnabbade barnets död på något sätt?" frågade Anna gällt.

"Jag påstår inte. Jag frågar. Gerda?"

Den gamla kvinnan tittade stint på mig. Aldrig hade jag känt mig så underlägsen och utsatt. Nästan ett sekel av livserfarenhet och överlevnadsinstinkt tittade förargat på mig. En stark, knivskarp hjärna tycktes formulera ett lämpligt svar till mina vidunderliga antydningar.

Ändå kändes det som om hennes svar var överraskande.

"Jag bryr mig inte ett dyft om vad du tror att hände för 30 år sedan. Alexandras och barnets död är slutbehandlad, och arvet är utdelat. Även ambulanschauffören och obduktionen bekräftade att barnet hade dött innan Alexandra. Viktigast av allt är att även Anna börjar komma över de där gamla händelserna. Hennes vistelse här har alltså varit fruktbar."

"Är det sant, mormor?" frågade Anna med en svag röst. "Gjorde du eller mamma eller båda något aktivt här i det nya huset?"

Gerda tog sin dotterdotters hand och vände sig mot mig.

"Jonas och Anna, jag säger det en gång till. Barnet var dödfött. Varken jag eller Alexandra gjorde något åt det, och vi kunde inte rädda det heller. Det var inte lätt, inom loppet av några timmar såg jag det döda barnet och sedan även min dotter dö. Mera eller mindre än så är det inte."

"Okay", sade jag respektfullt. "Det var nödvändigt att ta upp ämnet. Och jag misstror dig inte, så jag skall inte prata mera om det."

"Och du Anna måste komma ihåg det meddelande som din mamma sade innan hon dog", sade Gerda om något som hon hade upprepat många gånger tidigare. "Att du inte skall klandra dig själv för det misstag som skedde ovanför trappan. Att du inte skall låta ditt liv lida för en händelse och en olycka som ett litet barn inte hade kunnat förutse."

"Innerst inne vet jag nog att det inte är fruktbart att grubbla över det. Men det är lättare sagt än gjort. Jag önskar att jag hade hört orden själv av mamma och inte bara via dig."

"Dina uttalanden om barnlöshet...", sade jag med blicken fäst i Annas,

"...har de något att göra med de här händelserna för 30 år sedan?"

"Jag vet faktiskt inte. Faktum är bara att jag aldrig har velat ha barn. Ingen biologisk klocka har klämtat i något skede. Tanken på ett litet knyte attraherar mig helt enkelt inte."

"Du skulle nog bli en bra mamma", sade Gerda försiktigt. "Du tror väl inte att din baby skulle vara i fara bara för att din halvbror dog på grund av den där olyckan?"

"Jag skulle inte vara en bra mamma därför att jag inte vill ha barn", vidhöll Anna.

"Du vet väl att du inte är en magnet för olyckor?" frågade jag.

"Jag vet att jag är beredd att komma tillbaka till civilisationen nu. Och fortsätta livet. Men det kommer inte att finnas småbarn i det livet."

"Kommer du att åka till Helsingfors redan idag eller imorgon, som du ursprungligen hade planerat?" frågade Gerda.

Båda kvinnorna tittade försiktigt åt mitt håll, som om de förväntade sig att jag skulle erbjuda Anna skjuts tillbaka till staden. Då Anna hade sagt att hon gjort det för vår skull hade hon menat att vi skulle få bättre förutsättningar att fortsätta som par än tidigare.

"Åk imorgon, Anna", uppmanade jag. "Sov en sista natt här. Jag åker iväg ikväll. Utan dig."

Jag steg plötsligt upp från köksbordsstolen och de två kvinnorna tittade förbryllat på mig. Det var uppenbart att min blick var hård och att den saknade en förmåga att ge förlåtelse.

"Kan du inte försöka förstå mig, Jonne?" frågade Anna med gråten i rösten. "Förstå varför jag gjorde som jag gjorde?"

"Jag förstår att du gjorde det för din skull och för vår skull. Men jag förstår inte att du gjorde det för min skull."

"Jag vill dig väl, det är allt."

"Du skickade mig ut i världen, full av oro för dig."

"För att du skulle hitta nya spår i ditt liv."

"Du vet också att det finns en sak som jag avskyr mera än annat. Vet du vad det är?"

Anna tittade på mig med en frågande blick. Hon visste tydligen inte svaret även om vi hade diskuterat det många gånger under vårt gemensamma år. Jag beslöt mig för att ge henne ledtrådar.

"Du har hört mig berätta om mitt första detektivuppdrag. Jag kallades till Fiskars för att reda ut en ung flickas dödsorsak, men det visade sig att min egentliga uppgift var att sätta en oskyldig ung man i blickfånget för att en annan man skulle få tillgång till ett arv. Under mitt andra detektivuppdrag lurades jag att samla bevis mot en person för att en annan skulle få agera i skuggorna. Under mitt tredje uppdrag träffades du och jag, men även då leddes vi som marionetter av en osynlig person."

"Vi blev manipulerade", konstaterade Anna. "Du avskyr manipulation"

"Alldeles. Innan jag blev privatdetektiv var jag långtidsarbetslös. Jag manipulerades av arbetskraftsbyrån att söka arbeten, som inte var arbeten utan simpla sätt att städa bort mig från arbetslöshetsstatistiken. Jag nekades arbetslöshetsstöd, då jag inte kunde ta emot ett arbete som jag med min utbildning inte hade kunnat utföra."

"Manipulation", mumlade Gerda.

"Och nu har du Anna, min flickvän, manipulerat mig att åka till Kina och Sydafrika för att du behövde lugn och ro här på Kvigholmen. Jag har oroat mig för ditt välbefinnande för att du inte ville berätta för mig att du befinner dig på ett säkert ställe. Med ett enkelt, lugnande meddelande skulle jag inte ha behövt oroa mig för dig."

"Min manipulation hade goda avsikter. Ett lugnande meddelande hade hindrat dig från att resa iväg."

"Då det gäller mig, är det endast jag som kan bedöma om de var väl menade eller inte. Det känns faktiskt inte som om de var det. För jag har blivit manipulerad, och oberoende av dess avsikt, är det något som jag inte kan godkänna."

"Du behövde sysselsättning och inspiration."

"Oro för ditt välbefinnande är inte inspirerande. Förstår du inte att utnyttjandet är fel? Och du utnyttjade även Yu Chen och Yumba Ngoro som ledtrådar för dina syften. I själva verket hade du planerat ditt försvinnande redan några dagar innan vår middag med Sebastian och Bettina, eftersom du redan hade skickat iväg kuvertet åt Yumba att skickas vidare. Och dessutom utnyttjade du Torbjörn Björkblad för du ville leda mig till honom med hjälp av björklöven."

"Jag vet inte vad jag skall säga."

"Det är möjligt att det beror på vår åldersskillnad. Eller på att du är en kvinna och jag är en man. Just nu känns ditt dåd i varje fall som något som jag inte vill befatta mig med."

"Menar du att...?"

"Det är dags för oss att gå skilda vägar, Anna Tschäder."

Gerda lade sin hand på sin dotterdotters axel. Var det ett sätt att ge henne stöd, eller ville hon skydda henne från mina grymma ord? Gerda Tschäder tittade på mig med en uttryckslös min. Det var inte första gången som holmens kvinnor hade fått uppleva ett uppbrott.

"Det är dags för oss att gå någonstans, där vi kan försvinna från varandra", fortsatte jag och gick mot ytterdörren.

Varken den gamla eller den yngre kvinnan sade någonting när jag försökte öppna ytterdörren. Den ville inte öppna sig och jag tryckte handtaget hårdare i botten. Det verkade som om det nya hus, som Alexandra Tschäder hade låtit bygga för 30 år sedan, vägrade låta en fiende till Alexandras dotter lämna utrymmena. Som om det nya huset trots att det var nyare och betydligt mindre använt än det gamla huset, inte fungerade så som det borde.

Dörren öppnades trots allt, som om huset förlät mig för mitt dåd. När jag gick längs stigen mot det gamla huset, kände jag de två kvinnornas blickar i min rygg. Jag vände inte om mig.

En stund senare rodde jag bakåt med ryggen mot fastlandet. Jag såg de täta träden som kantade Kvigholmen så att varken det gamla eller det nya huset, eller ladugården, syntes från havet. Jag såg träden bli allt mindre och mindre för varje roddtag.

Jag såg små, kala kobbar vila sida vid sida, men havet gjorde dem hopplöst avlägsna från varandra. Deras slipade hällar var så uppenbara att inget kunde försvinna från dem. Kobbarna tittade på varandra men ändå hade de inget att erbjuda varandra. De tolererade varandra utan att ha lyxen att gå skilda vägar.

Anna Tschäder hade funnits i mitt liv i ett års tid. Det hade varit en trevlig tid. Den tiden hade dock inga förutsättningar att fortsätta. Kanske jag hade levt ensam alltför länge för att klara av en delad vardag med en annan människa.

När jag knutit fast den lånade roddbåten och stod på bryggan, kändes det som om jag började andas igen. På Västnylands fasta marker. Och så försvann Kvigholmen från mitt synfält.

EPILOG

Jag drar lungorna fulla med syre. Det känns skönt. Som om jag börjar andas igen efter att ha hållit andan i en evighet. Som om jag får sova igen efter att ha lidit av sömnlöshet i en evighet.

Jag har hittat min plats att existera. Mitt revir där jag får andas. Det är överallt. Inte någonstans, utan överallt. Överallt utom någonstans, där jag skulle ha försvunnit. Den platsen hade varit i Hennes hjärta. På holmen.

Lyckligtvis finns det annanstans än någonstans. Lyckligtvis har jag ett hem.

4 år efter händelserna på Kvigholmen...

Lämningarna av en ung man som har dödats för 20 år sedan spolas upp på en strand i Bromarf...

Ingen verkar veta vem han var...

Spåren leder 100 år tillbaka i tiden – till det förödande inbördeskriget...

Privatdetektiven Jonas Österfelt reser ännu en gång till västra Nyland och sitt förflutna, där

NÅGOT HAR HÄNT

Den femte och avslutande delen på västra Nyland-följetongen med Jonas Österfelt finns att läsa i maj 2018